TROUVAILLES & BIBELOTS

PAR

08

L. DU MOLAY-BACON

ED

PARIS

E. DENTU, ÉDITEUR

LIBRAIRE DE LA SOCIÉTÉ DES GENS DE LETTRES

PALAIS-ROYAL, 15-17-19, GALERIE D'ORLÉANS

TROUVAILLES & BIBELOTS

ALBI. — IMPRIMERIE G.-M. NOUGUIÈS

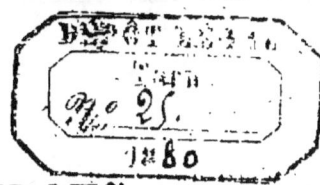

TROUVAILLES & BIBELOTS

PAR

E. DU MOLAY-BACON

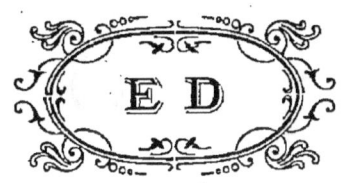

PARIS

E. DENTU, ÉDITEUR

LIBRAIRE DE LA SOCIÉTÉ DES GENS DE LETTRES

PALAIS-ROYAL, 15-17-19, GALERIE D'ORLÉANS

1880

A PAUL FÉVAL

A toi mon maître et mon modèle, à toi qui fus l'occasion de plusieurs de mes trouvailles : c'est en allant te voir que je les fis et j'y allais souvent ; à toi qui as laissé les succès du drame et du roman pour consacrer à Dieu et à la Religion une plume vaillante, un grand esprit et un grand cœur..., je dédie ces pages, souvenir des jours d'amitié fraternelle que nous avons vécus ensemble.

Je suis, je crois, ton plus ancien ami; car je ne sais quand je le devins. Or les plus vieux amis sont les meilleurs.

AU LECTEUR

~~~~~~~~~~

La Longagne, par Valdériés (Tarn), octobre 1879.

Atteint, ce printemps dernier, par l'épuration, enlevé à la vie publique, je me suis souvenu que, avant d'être fonctionnaire, j'avais été homme de lettres. C'est un peu vieux — il n'y a de neuf à une certaine époque de la vie, il n'y a d'actuel que les chagrins, les amertumes et les pertes qui nous atteignent chaque jour dans nos proches, dans nos plus chères affections. Mes derniers travaux littéraires sont des articles archéologiques parus dans l'*Opinion publique* dirigée par Alfred Nettement, quelques mois avant le Déluge.

J'ai repris la plume. Relégué à la campagne; voyant autour de moi la vigne mourir sur pied, le blé manquer, et ne voyant pas arriver ma pension de retraite, je me suis plongé dans mes souvenirs pour échapper au sentiment du présent; j'ai retrouvé au fond des bois le Paris de ma jeunesse et j'ai écrit ce livre.

TROUVAILLES & BIBELOTS

I

Paris il y a 45 ans. — Topographie. — La Ferronnerie.
La Porcelaine.

I.

Bibelot! Le mot manque au *Dictionnaire
de l'Académie* où je m'attendais à le trouver
accompagné de l'épithète : (vulgaire). Il paraît
dériver de bimbelot, jouet d'enfant, pièce de
petit ménage d'enfant, dont on a fait bimbelot-
tier. L'expression a vieilli, et ne se lit plus
guère aux enseignes des industriels. Bibelot,
au contraire, est tout neuf. Il désigne une
chose qui est devenue un de nos besoins, une
chose dont tout le monde s'occupe, et à laquelle tout le monde se croit appelé.

On cultive le bibelot pour lui-même; quelquefois par spéculation et avec des arrière-
pensées de bénéfice. On y apporte aussi de
l'amour-propre. Se procurer des œuvres d'art
en les payant leur véritable valeur : la belle
affaire! Cela est à la portée du premier venu ;
il suffit d'avoir la bourse bien garnie. Turcaret
veut avoir du beau, et il sait y mettre le prix.
Grands financiers de l'ancien régime, Samuel
Bernard, Crozat, Paris du Verney, et vous, dissi-
pateur prodigieux qni vous appeliez Paris de
Montmartel marquis de Brunoy, vous avez eu
dans le monde un rôle utile et beau. En luttant
de profusion avec les grands seigneurs, avec les
princes, vous avez fait éclore des chefs-d'œuvre!

Le bibelotier vient après vous, c'est un
glaneur. Son rôle est moins brillant que le
vôtre, mais il a son mérite, ses joies et sa
petite gloire. Employer les connaissances que
l'on possède à tirer de la poussière des
œuvres intéressantes et belles, n'est-ce pas leur
donner une nouvelle vie, les créer une seconde
fois? Obtenir à vil prix des objets de valeur
dont personne ne soupçonnait la présence et
qu'un esprit d'investigation éclairé, un vrai
flair d'amateur vous ont fait découvrir, est-il
rien de plus flatteur pour l'amour-propre?

Le champ des recherches est malheureusement devenu ingrat. C'est comme un désert
sur lequel planent par moments de décevants
mirages. Les trouvailles vraies, sérieuses, sont
comme impossibles. Tout ce qui avait quelque
valeur a quitté le trottoir et est répertorié, in-
ventorié, catalogué dans des collections particulières; rien plus ne traîne qui ne mérite de
traîner.

Il n'en était pas ainsi naguère. Les friches
d'aujourd'hui étaient des campagnes fécon-
des. L'auteur de ce petit livre les a longtemps explorées : *Et in arcadiá ego*. Le zèle
du bibelot vient de bonne heure et dure autant que la vie. Il est singulièrement stimulé
par le succès. Il peut se développer sous l'influence de circonstances particulières. Supposez, par exemple, un jeune homme auquel on
laisse la bride sur le cou dans Paris, au moment
d'une débâcle politique et sociale.....

La révolution de juillet fut, sinon la cause,
du moins l'occasion d'un singulier phénomène.
Chaque jour, chaque heure, chaque minute
amenaient sur le pavé des barricades, à peine
remis en place, une foule de précieuses épaves :
tableaux, objets d'art, objets mobiliers, livres,
estampes, dépouilles opimes des XVIIe et XVIIIe

siècles, débris d'un monde raffiné, élégant et
spirituel. A-t-on trouvé mieux, même dans
notre siècle, en fait de peinture, que Rigaud,
Largillière ou La Tour ; en fait d'architecture,
qu'Hardouin Mansard ; en fait d'art industriel, que le vieux Sèvres, les faïences de
Rouen, que les meubles de Boule et Riess-
ner, que les meubles en bois de rose dont la
mode vint après, ou que ces étoffes de soie
tissées à Lyon il y a un siècle?

Les connaisseurs étaient rares alors. L'acquisition de ces objets dont le prix était extrêmement modique, demandait peu d'argent. On
les recherchait biens moins pour les revendre
— le métier n'était pas mûr : on n'y eut pas
fait ses affaires — que pour en jouir directement, et parce qu'on aimait mieux voir sur sa
table un service en vieille porcelaine, que des
assiettes en terre de pipe de Montereau, dans
son cabinet un Vanloo, que des gravures à la
manière noire d'après Dubufe.

Rapprochez cette abondance de l'inexpérience des marchands, et voyez comme tout faisait la partie belle aux amateurs!

Heureux temps trop vite écoulé! L'intérêt ouvrit les intelligences, et dès 1833, les
marchands commençaient à distinguer les di-

vers styles d'une paire de flambeaux, d'une commode ou d'un bahut, à connaître l'âge d'un chenet, d'une horloge ou d'un cadre. Si le domaine de l'art pur leur resta fermé, ils ont su faire parler les connaisseurs. Mieux encore, dans leurs heureuses mains, le cuivre devint or, et tout tableau monta au rang de tableau de maître. Ils firent subir aux objets d'art des transformations inintelligentes, et éloignèrent les amateurs, aussi bien par leurs fraudes que par l'extravagance de leurs prétentions.

Où est-il le Paris que leurs prédécesseurs habitaient et où se faisait leur honnête commerce ?

Il a disparu ; notre dernier monarque l'a détruit. Napoléon III fut le Dieu de la démolition et M. Haussmann fut son prophète. Tous deux firent une œuvre impitoyable, j'allais dire impie. L'empereur entendait que Paris fût une ville stratégique, avec des rues droites, sans angles, sans retraits, sans saillies : de ces rues que l'on balaie avec le canon. Apôtre du suffrage universel et pourtant exempt d'illusions à l'endroit du corps électoral, il voulait les plébiscites sans les barricades. Beaux calculs promptement déjoués ! On se fortifie contre la République et on est chassé par le prussien !

L'empereur fit tout cela sans scrupule, sans
hésitation. Il savait peu de la vieille France. Il
y soupçonnait seulement une gloire, une grandeur plus vraies que la gloire, la grandeur
toute fraîche des Bonaparte. De même que
pour les républicains, la France d'avant quatre-
vingt-neuf est non avenue, de même lui ne
voulait non plus rien connaître des temps anté-
rieurs à l'entrée en scène de l'auteur de sa
dynastie. Vous vous rappelez que le nom du
duc de Luynes ayant été prononcé dans une
conversation, il demanda à M. de Falloux, son
ministre de l'instruction publique, si le duc de
Luynes était un duc de l'Empire..... Il n'y
avait pour lui que le Paris d'après Fructidor.
Le Paris du moyen-âge, le Paris des Valois,
de Saint-Louis, de Louis XI, de Henri II, de
Louis XIV, n'existait pas, et je voudrais gager
qu'il tenait pour créations de son oncle, la place
Vendôme, les Tuileries, les Invalides !

Ce parti-pris d'ignorance explique comment
il a pu prescrire ces abattages de maisons, et
jeter à tous les vents la poussière de ces vieux
foyers, près desquels avaient vécu des généra-
tions glorieuses.....

Et on allait vite en besogne ! Celui qui revoyait
Paris après une absence de quelques mois, ne

s'y reconnaissait plus — des squares, des boule-
vards sans fin ni commencement à la place des
quartiers connus et aimés ; la banlieue englobée
dans le rayon de l'octroi ; la ville de Paris,
déjà trop grande , encore agrandie ; la pioche
frappant partout , sans s'arrêter devant une
œuvre d'art, devant un monument, devant un
nom.....! Que Paris qui a mis deux mille ans à
se faire, soit comme une ville d'Amérique, un
Chicago, un Cincinnati, qui viennent de prendre possession du désert!... Mais de même
que Dieu n'efface que pour écrire, rebâtissons
après avoir démoli, et laissons après nous un
Paris où tout sera neuf, aligné, propre et laid !

Ah! je comprends, dans un autre ordre
d'idées, les regrets poétiques que faisait entendre, il y a plus de vingt ans, un de nos ministres, sur les transformations d'un quartier
qui fut cher à sa jeunesse !

II.

Ce quartier comptait un nombre considérable
de maisons vieilles, mal éclairées, mais à loyer
réduit, où venaient s'établir, dans un humide
rez-de-chaussée, de petits spéculateurs, gens

rustiques, contents d'un confortable limité, et ouvrant boutique d'objets d'occasion pris partout, ramassés de toutes parts. Je ne sais d'où venaient ces débris. Pourquoi cette abondance d'épaves? Mil huit cent trente avait-il été aussi destructeur que la Révolution sa mère? On trouvait dans ces échoppes, des objets provenant d'hôtels et de châteaux en démolition, choses de nulle valeur pour les hommes qui les avaient entre les mains, et en général pour tous les hommes de cette époque : objets dont on souriait, dont on ignorait le sens.

Ce fut l'âge d'or pour les chercheurs qui explorèrent alors la rue de la Harpe, la rue Saint-Jacques, le quai aux Fleurs, les ponts, et en particulier le Pont-au-Change; l'abbaye St-Germain, le passage de l'abbaye, la rue St-Benoît.

Rarement entrait-on chez un des enfants de la montagne, qui avaient là leur boutique, sans y faire quelque découverte qui serait aujourd'hui d'un grand prix. A l'abbaye j'ai trouvé deux tableaux de Watteau, répétition des sujets qu'il avait peints pour obtenir la pension d'élève de l'école de Rome : la *Halte de Troupes* et le *Départ du Régiment*. Entre temps et sans quitter la place, on pouvait négocier l'ac-

quisition de grands flambeaux carrés ou octo-
gones, en bronze doré, et de chenets.de même,
style Louis XIV. Le style Louis XVI, avec
son affectation de lignes droites, n'était pas encore de mode, et les consoles, les pendules de
cette époque se vendaient mal. *Quantum mu-
tatus!* On trouvait encore là des cordons de
sonnette avec leurs glands massifs, gros comme
la moitié de la tête, avec leurs câbles en soie
du poids d'un kilo.

J'ai vu chez un marchand de ferraille de la
cour du Dragon, une immense et lourde grille
en fer forgé, vrai chef-d'œuvre du métier. Elle
obstruait tout un côté de cette vaste cour. A
en juger par sa masse imposante, par le luxe
de son ornementation, ainsi que par les longues
pointes flamboyantes, déployées en queue de
paon dans le sens de la perpendiculaire, et dis-
posées pour enjamber un large saut de loup,
elle avait dû figurer au poste d'honneur, en
avant d'un grand château. Elle était de cette
véritable époque de la ferronnerie, qui va de
Louis XIV à Louis XV, époque de types grandioses et élégants, où l'on trouva le moyen de
mettre de l'imagination dans un genre d'art
spécial, qui bientôt passa de mode. L'ouvrier
qui avait fait cette acquisition, s'était procuré à

prix réduit une véritable mine de fer, où il
puisait largement et sans cesse; et les fleurons,
les enroulements, les astragales, devenaient
sous ses habiles mains, crémaillères, pelles ou
pincettes. On pouvait voir encore dans un coin
de son magasin, des heurtoirs de porte cochère
pivotant dans la chevelure serpentine de têtes
de Méduse en bronze, du type le plus noble, et
qui probablement sont devenues casseroles ou
bassinoires. Des heurtoirs pareils avec leurs
montures — en supposant qu'on les sut faire,
— coûteraient gros à présent, si j'en juge par
les sommes que nos heureux du jour débour-
sent pour s'en procurer de maigres contrefaçons.

J'ai dit qu'il y avait de tout dans ces boutiques. Mais on ne pouvait tout acheter. On
choisissait. Il était permis d'être difficile; on
était difficile. A quoi bon par exemple s'encom-
brer de terres cuites? Clodion a du talent sans
doute, mais il se répète beaucoup. Il lui fallait
pour gagner sa vie, se rattraper sur la quantité,
et modeler force *satyres abordant une nymphe
endormie*, beaucoup *d'enfants pleurant* ou de
nymphes dans les roseaux. Ses œuvres étaient
peu payées de son vivant et elles ont été peu
recherchées depuis, jusqu'au jour où l'on eut
épuisé de plus riches filons.

La même indifférence faisait délaisser les dessins à la sanguine ou au crayon noir. Les cartons des brocanteurs du Pont-au-Change en
contenaient de Boucher, de Greuze, de Watteau,
qui ne se vendaient pas. A quoi bon acheter des
dessins, quand on peut pour un prix à peine
supérieur, se procurer des tableaux? Ce n'est
que plus tard et par un retour offensif, qu'on
s'occupa de ces dessins, dont plusieurs ont une
valeur véritable et sont dignes de figurer dans
les collections qu'on offre aujourd'hui à l'admiration du public.

Nous aimions mieux alors mettre notre argent
de poche dans une horloge de Boule avec son socle, dans une horloge Louis XV grand modèle
en laque vert céladon, objet tellement recherché
qu'il en est devenu introuvable.

Je ne songeai pas un instant à devenir propriétaire de la grille de château ci-dessus décrite; je me contentai de soupeser les beaux
cordons de sonnette; à quoi bon même acquérir
de la vaisselle? J'aurais bien pu m'en abstenir.
On peut toujours, selon Alexandre Dumas père,
se dispenser de faire une tragédie en cinq actes.
Je succombai pourtant à la tentation, non quant
à la tragédie, mais je topai dans la vaisselle.

Il y avait là une si belle et si ronde sou-

pière; la forme des plats était si relevée;
ces plats eux-mêmes étaient si grands et si
lourds; les compotiers affectaient des formes
de végétaux si heureuses et si originales, que
je sentis, en les voyant à un étalage, le
sang me monter à la tête.

J'entrai dans la boutique, et commençai à
parlementer avec le marchand. C'était un vieil
auvergnat, à la figure placide, au teint réposé.
Cette mine ne trompait pas. L'homme fut confiant et facile : facile, car il me donna terme,
confiant, car il me fit livraison avant d'être payé
et sans me connaître.

Je n'avais guère, nous n'avions guère d'argent
alors, « c'était le bon temps ! » comme a dit
Janin. Il me fallait prendre sur mon nécessaire,
pour me procurer ce superflu. Moyennant un
petit sacrifice, je devins possesseur d'un service
en porcelaine du Japon : douze douzaines d'assiettes à peu près complètes, quatre plats à
poisson et à rôti, quatre compotiers, une douzaine d'assiettes à dessert.

Le marchand qui me vendit ce service, s'appelait Rigal. Il tenait son commerce rue des
Poulies, dans une des maisons basses qui faisaient alors face à la colonnade du Louvre;
entre le Louvre et St-Germain-l'Auxerrois, et

se prolongeaient avec une pente légère, jusqu'au quai de l'Ecole. Je revis encore plusieurs
fois cet honnête industriel. Il avait une pendule de Boule grand modèle, avec son
socle, sonnant les quarts, portant à son sommet une Renommée les ailes étendues, et sur
son cadran, un soleil avec la devise : *Nec plu-
ribus impar*, dont je m'accommodai ; je le revis
aussi au sujet d'une collection de miniatures et
de camaïeux peints sur ivoire, et représentant
des nymphées et des sujets allégoriques dans la
manière de Fragonard, et je le trouvai encore,
je le trouvai toujours facile et confiant.

Quand ma porcelaine fut arrivée chez moi,
je me mis à l'examiner. La table entière en
était couverte, et, quoique les assiettes fussent
empilées douzaine par douzaine, mon trésor
débordait sur le bureau et s'étendait jusques
sur la commode. Mon œil ébloui se promenait
sur l'or, sur les vives couleurs dont brillait ma
nouvelle acquisition. Ma soupière était à côte
de melon, de forme excessivement renflée ; son
couvercle était au contraire en dôme assez
élancé, se terminant par un chou de couleur
naturelle et très fouillé. Elle portait, comme tout le service, des enroulements de
branches de lierre ondulées en or et ombrées

de rouge ocre pâle; d'énormes bouquets au grand feu, très fournis, et des armoiries auxquelles je n'ai pas su encore mettre le nom, malgré mes recherches. Elles sont de deux écussons accolés, sommés d'une couronne de marquis, laquelle est elle-même surmontée d'un mortier de velours noir au double galon. Le premier écu est d'azur, a la bande d'or chargée de trois merlettes de sable; le second est aussi d'azur, à trois couleuvres enroulées d'argent. Je ne cautionnerais pas les couleuvres, l'émail bleu du corps de l'écu s'étant boursouflé et passant par dessus la figure héraldique qui se trouve par là être dans un creux.

Le ton de cette porcelaine est légèrement bleuté avec cet *œil* verdâtre *sui generis* du vieux Japon. La pâte est bise et à gros grains. La couverte du dessous des plats et des assiettes est étendue sommairement; c'est fabriqué avec une assurance insolente et avec un succès inouï. Les plats sonnent comme des cloches d'airain. L'expérience seulement m'a prouvé que les assiettes ne supportent pas un potage très chaud sans se fendre.

Le service entier me coûta quatre vingts francs. C'est par cent qu'il faudrait aujourd'hui multiplier sa valeur.

L'Exposition Universelle de l'année dernière, avait, dans une de ses vitrines, de la porcelaine absolument semblable. C'étaient des pièces dépareillées. On eut dit, si elles n'eussent différé par les armoiries, qu'elles venaient de ma collection, ou que ma collection venait d'elles.

II

Le faubourg Saint-Jacques. — La Cour Saint-Jean-de-
Latran. — Brugayrol. — Commode en laque. —
Rigaud. — François de Gondi. — Pourbus.

———————

I

Mais c'est au faubourg Saint-Jacques que se
faisaient les meilleures rencontres.

On n'allait guère jusques là : c'était si loin!
Quoique François Iᵉʳ passe généralement pour
avoir fondé le Collége de France, il faut croire
que le restaurateur des lettres s'occupa de l'en-
seignement et des professeurs, bien plus que du
local; car le bâtiment n'était pas prêt au commencement de la monarchie de juillet. L'est-il
aujourd'hui? J'en doute, et les intéressés n'en
savent rien; je m'explique par là pourquoi les
professeurs ne font pas leurs cours et pourquoi
l'auditoire est toujours en vacances.

Une escouade de maçons se mouvant au milieu des décombres, semblait vouloir édifier
quelque chose. Je voyais des rues noires, des
maisons de sinistre apparence, des murailles

2

sordides, des carrefours infects. Des gens, tous
de la classe du peuple, ne cessaient d'aller et
de venir, usant par anticipation du droit que la
Constitution de 1848 devait leur assurer. Quelques rares étudiants paraissaient et passaient
vite devant les murailles sombres sur lesquelles
des affiches blanches étaient apposées, promettant des cours de japonais et de sanscrit qui ne
se font jamais.

Un des courants humains s'engloutissait sous
une sorte de poterne au cintre surbaissé. En
suivant ce courant, on arrivait à une cour, à
une enceinte régulière où toutes les industries
du bric-à-brac avaient élu domicile; c'était par
endroits comme une succursale de l'enclos du
Temple, où l'on trouve à acheter tout ce qui se
vend et tout ce qui ne devrait pas se vendre.

Le bâtiment a encore un certain air; on dirait
qu'il se souvient des chevaliers qui l'habitaient,
alors qu'il était une des possessions de l'ordre
de Malte à Paris, comme le Temple, séjour du
grand prieur, comme l'hôtel de la rue de Jérusalem en la cité, résidence de l'ambassadeur
de l'ordre en France.

La cour Saint-Jean-de-Latran ou bailliage de
Morée, possède une église, petit bijou d'architecture avec un svelte et élégant clocher. Mon-

tez-y, si la fantaisie vous en prend, car le culte n'est plus célébré ici; gravissez l'escalier en colimaçon, en quelques minutes vous serez au sommet de la tour. A travers les abat-voix, regardez au dehors, et vous ne regretterez pas cette petite ascension.

Quel spectacle et que tes mystères sont beaux, montagne sainte qui portes plus d'églises, d'hôpitaux et de collèges que de maisons! qu'elle est belle et qu'elle est grande la suzeraine de ce monde de clochers et de pignons, Sainte-Geneviève, à laquelle on a donné le nom de Panthéon, bien qu'elle ait été bâtie sous l'invocation de la bergère de Nanterre, à la suite d'un vœu de Louis XV!

Le cloître contenait des chaudronniers, des marchands de ferraille et des revendeurs. En passant devant la boutique d'un de ces derniers, j'entrevis quelque chose et je m'arrêtai. J'avais aperçu un meuble et j'entrai. Je trouvai là le propriétaire de cette boutique, avec lequel je devais faire par la suite une quantité d'affaires. C'était un auvergnat, naturellement.

Peu importe le village du Puy-de-Dôme ou du Cantal qui l'a vu naître. Robuste enfant des montagnes, Brugayrol en arrivait, voilà quarante-cinq ans. Il avait une figure assez douce et le teint frais comme l'ont généralement ces hommes rustiques qui ont beaucoup fréquenté les étables, vécu parmi les bœufs et les vaches, et tiré de ces dernières le plus substantiel de leur régime alimentaire.

L'Auvergne est une franc-maçonnerie — je prends le mot dans son meilleur sens. A Paris, les auvergnats se sentent étrangers, comme les juifs sous les tentes de Cédar. Ces montagnards qui pourraient se détester et se nuire dans leur pays, deviennent des frères les uns pour les autres quand ils en sont loin et, entendons-nous bien, — quand aucune question d'intérêt ne vient se mettre à la traverse.

Il faut voir avec quel esprit de véritable fraternité ils s'aident les uns les autres, ils se remplacent près de la pratique pour porter de l'eau, du charbon! Paris est tributaire pour ses besoins journaliers de ces descendants de Vercingétorix. De leurs âpres régions viennent pour y remonter des armées de serviteurs et de gagne-petit, qui seront ou qui ont été ferrailleurs, ramoneurs, commissionnaires de coin de rue — j'ai dit pour y remonter parce que, en effet, tout montagnard aspire, après fortune faite, à revenir au pays.

En soupirant après le retour, Brugayrol pre-

nait patience. N'appartenait-il pas à l'aristocratie de ses compatriotes; n'avait-il pas auvent sur
la voie publique avec une devanture en bois vermoulu, sans vitrage, et dont il payait exacte-
ment le loyer? Là s'étalaient, moitié dehors,
moitié à l'intérieur, des lots de vieille ferraille,
serrures sans clefs, clefs sans serrures, tables
de nuit boiteuses, vieux oreillers laissant échapper par de nombreuses blessures des plumes
aussi étrangères à l'édredon qu'à l'oiseau domestique qui sauva le Capitole; vieilles chaises
percées; instruments en étain, d'une forme et
d'un volume à figurer dans le divertissement du
Malade Imaginaire.

Plus avant, l'antre ouvrait ses ténébreuses
profondeurs : *nox axtra cavâ circumvolat
umbrâ.* C'est de là qu'émergeait à la première réquisition Brugayrol occupé dans l'ar-
rière-boutique à quelque besogne inconnue
mais utile.

Dans un coin du local était un meuble sur
lequel il empilait une foule de choses, ce
qui m'avait empêché de le voir dans son
ensemble. Je crois qu'il appréciait ce meuble surtout comme support. Ce n'était pourtant rien moins qu'une commode en vieux laque
de Chine, de l'époque Louis XIV, avec tiroirs

renflés formant l'arc renversé, poignées en bronze doré, massives et extrêmement riches, gardes de serrures très-ornées, dessins chinois anciens faits dans l'épaisseur de la pâte, terrains exprimés au moyen d'un sable d'or, dessus de marbre jaune de Sienne premier choix.

Brugayrol ne tenait pas beaucoup à vendre ce meuble parce qu'il l'ennuyait de changer de place tout un monde de loques et de guenilles. Aussi est-ce en faisant la grimace qu'il me le laissa prendre pour la somme énorme de trente francs. — Il était bien juste que je payasse le dérangement en sus du prix principal !

Qui pourrait remonter aux premiers temps de cette commode, et découvrir l'histoire des vicissitudes qui l'avaient fait échouer à Saint-Jean-de-Latran, après avoir fait l'ornement qui sait ? — de quelque hôtel du faubourg Saint-Germain pillé en un glorieux anniversaire, de quelque château voisin de ce côté de Paris, Choisy-le-Roi, Brunoy, Grosbois ? A cette époque, quelque pauvre diable l'avait-il trouvée sous sa main, mise sur les épaules et emportée dans son taudis pour y placer ses nippes, ses provisions, ses bottes, son fromage, et avait-elle été vendue après son décès en même temps que ses hardes et le reste de son mobilier ?

Elle n'avait pas trop souffert, mais elle était sale à l'extérieur. Le chêne des tiroirs était absolument intact. Néanmoins elle était imprégnée d'une odeur qui résista longtemps à l'iris et à l'essence de lavande, et m'obligea de la mettre en quarantaine, même après que je l'eus fait restaurer.

Je revins, plusieurs fois depuis, voir Brugayrol. Il m'attendait et me réservait les vieux tableaux quand il lui en arrivait.

Un jour je trouvai plusieurs chassis dans sa boutique, et me mis à les examiner. Me voyant à l'œuvre, Brugayrol disparut et continua de vaquer à quelque besogne commencée : collier de cheval hors de service à rafistoler, cage à serins à repeindre...

J'avais passé lentement en revue tous les chassis l'un après l'autre, et, ne trouvant que des objets de nulle valeur, j'allais me redresser et partir, quand mon regard s'arrêta sur une petite toile un peu plus haute que large : c'était un portrait. Après l'avoir considéré un instant, je le tirai à part en le désignant du doigt à Brugayrol qui était accouru.

— Ce curé! me dit-il, voyez, il se porte bien ; il est en bon état.

Je lui désignai une tache qui marquait la joue du personnage.

— Cela! s'écria-t-il, ce n'est rien ; avec un peu de mastic...

Je fis un signe énigmatique, le signe d'un homme qui n'est qu'à moitié content, qui doute et qui craint de ne pas réussir.

— Allons! dit Brugayrol voulant faire le fin, à cause de cette misère, et pour vous, ce sera *chix* francs !

Sans répondre et tirant ma bourse, j'y pris une pièce de cinq francs que je lui mis dans la main, et, plaçant sous mon bras ma nouvelle emplète, je sortis en le regardant à la dérobée.

Il essayait une protestation et, en souriant, me montrait ses dents qui paraissaient d'autant plus blanches qu'il avait ce jour-là porté beaucoup de charbon et que sa figure était noire comme la nuit.

Je dis qu'il essayait une protestation, et cette protestation n'était pas sincère. L'affaire qu'il venait de conclure avec moi était excellente à ses yeux, et j'étais sûr que le lot de peinture dans lequel j'avais fait mon choix, ne lui coûtait pas tout entier la somme que ma munificence venait de lui octroyer.

Cent cinquante francs de loyer, sa patente, des privations de toute sorte, une clientèle généreuse comme vous voyez : Brugayrol à ce

métier en arrivait à vivre et à faire des éco-
nomies.

Je ne puis cependant m'empêcher de me
demander comment lui et ses pareils ne faisaient pas alors ce simple raisonnement :

Un tableau ne vaut rien ou il vaut plus de
cent sous.

Fin comme le sont les montagnards, il aurait dû soupçonner quelque chose ; il aurait
dû prendre l'éveil en voyant un *Monsieur*
se mettre en rapport avec lui exclusivement pour
les tableaux et les objets d'art, en lui laissant sa
ferraille et ses courte-pointes.

Pensait-il qu'un client de cette sorte va acheter un tableau de cent sous, sale, rempli de
poussière, pour en orner sa chambre à coucher ?

Heureux temps! Brugayrol ne songeait à
rien de tout cela. Il ne voyait que son prix
d'achat quadruplé ou quintuplé — calcul juste
quand il s'agit d'un commerce ordinaire, faux
en matière d'objets d'art.

Mais qu'il a changé Brugayrol! Comme sa
naïveté s'est envolée !

Je dirai tout à l'heure ce qu'il est devenu.

II

Ce qu'il m'avait vendu, était plus et mieux qu'un curé.

En le découvrant au milieu des autres toiles, j'avais reçu en plein visage comme la lueur d'un sourire. C'était une belle figure de vieillard, un homme d'église, un cardinal. Son camail d'hermine était touché avec une rare délicatesse et avec un complet succès; la blancheur de ce camail se retrouvait encore à travers la transparence noire du rabat. Une plus belle peinture ne pouvait tomber sous la main d'un amateur. Elle était de l'école française, de cette école où le génie de l'art comme celui de la langue, c'est la clarté, la vérité.

Le peintre ne pouvait choisir un plus heureux modèle : nez d'un bel aquilin, bouche moyenne et lèvres souriantes, d'où l'on croit entendre tomber un gracieux compliment; yeux d'un joli gris avec de petites lignes brunes, rayonnant de la pupille; cheveux blancs et abondants.

Mais quel est ce prince de l'église ? Ce n'est pas le cardinal de Polignac, auteur de *l'anti-Lucrèce*, que Pannini a peint dans son tableau de l'Intérieur de Saint-Pierre à Rome et dont le portrait en pied est resté tant d'années invendu chez un marchand de curiosités, rue de l'Université, au coin de la rue des Saints-Pères. Aimable vieillard, qui êtes-vous? Vous avez un peu de l'air de Bossuet dans le portrait que Rigaud a fait de ce grand évêque; mais vous êtes plus vieux et nonobstant plus beau de visage — je ne dis pas cela par une flatterie qui messiérait au respect qui vous est dû. D'ailleurs vous êtes *porporato* et Bossuet n'a pas été cardinal... et puis Bossuet portait la moustache et la mouche...

Une des difficultés du métier, c'est de trouver le nom, — on est dans l'inconnu; on a rarement des points de repère comme celui-ci :

Rue du Pot de Fer Saint-Sulpice, vis-à-vis une porte latérale du séminaire, était un brocanteur dont je n'avais pas depuis longtemps visité la boutique. Me trouvant sur la rive gauche, je dirige mes pas de ce côté.

De loin j'aperçois un tas, un monceau de quelque chose.

— Il y a du nouveau, me dis-je en hâtant le pas.

C'était une *gerbe* de portraits. Je les examine successivement. Il y en avait peu qui méritâssent qu'on s'y arrêtât. Je passe, et j'arrive à un prélat, à un personnage en camail violet bordé de rouge. C'était une peinture sur panneau, dans le genre de Pourbus, peut-être de Pourbus même. Mais quel intérêt peut avoir un portrait anonyme, quand ce n'est pas une peinture du premier mérite?

J'allais remettre celui-là avec les autres; je me ravisai. J'avais aperçu un écusson peint au haut et à droite du tableau.

Cet écusson était *d'or, à deux masses d'armes posées en sautoir, de sable, liées de gueules,* sommées du chapeau de sinople. Ce sont les armes de Gondi, et tous les Gondi ont été plus ou moins en vue. Je puis acheter parce que j'ai des éléments suffisants pour arriver à percer l'incognito du personnage; et en effet il n'y a pas par douzaine, des Gondi, évêques.

Tout bien considéré, celui-ci n'est autre que François de Gondi, évêque de Paris, oncle et prédécesseur du cardinal de Retz : celui-là même qui fut envoyé à Rome par Henri IV pour y porter son abjuration.

Mais ce n'est pas toujours aussi facile que cela, et je me suis trouvé dans une grande incertitude, dans une ignorance de plusieurs années au sujet de mon cardinal et d'un cornette de chevau-légers.

III

Latour. — Louis-Philippe. — Fieschi. — Alibaud.

Au nord de Paris, à l'extrémité est du boulevard Bonne-Nouvelle, à l'ombre de l'Arc de
Triomphe qu'on appelle Porte Saint-Denis et qui
a conservé, grâce à l'inadvertance incompréhen-
sible de notre conseil municipal, son inscription
Ludovico Magno, était une petite rue nommée
rue basse Porte Saint-Denis. Elle allait du boulevard à la rue Hauteville en formant un coude ;
et elle était bien nommée *basse* par comparaison, car elle était en contrebas du boulevard,
lequel venait lui-même d'être abaissé, et laissait en l'air cette légendaire *rue de la Lune*,
qui a fourni à l'un de nos vaudevillistes le sujet
d'une de ses plus exhilarantes facéties.

Il y avait donc à cet endroit, trois plans de
terrain : la rue de la Lune, un trottoir avec
des marches descendant au boulevard par un
casse-cou de deux mètres, le boulevard et enfin,

séparée du boulevard par une rampe en fer et à deux mètres encore plus bas, la rue basse Porte Saint-Denis.

La dernière construction de cette rue est un vieil hôtel d'apparence respectable, avec porte cochère flanquée de deux balançons en cuivre doré, où l'on voit les attributs de la loi et de la justice. C'est là que se trouve l'étude de maître Damaison, un des plus anciens et des plus respectables notaires de Paris, un de ces notaires qui se sont à regret séparés de la queue et de la culotte courte.

Dans le flanc de cette construction, et sur la rue basse Porte Saint-Denis, s'ouvre une issue par laquelle prenait jour une échoppe où un revendeur était venu établir son séjour passager.

Il me fit voir un lot de toiles enroulées. Elles n'étaient même pas sur chassis; on les en avait séparées en les coupant. On eut dit qu'elles avaient été accommodées ainsi par un voleur pressé d'emporter et de mettre en sûreté son butin.

Je défais le rouleau et j'en examine le contenu. C'étaient des portraits intéressants, et je ne serais nullement surpris que plusieurs d'entr'eux eussent été recueillis et placés dans un Musée alors en formation. — Je dirai bientôt ce qu'il faut penser des critiques qui ont été dirigées contre le mode de recrutement de ce Musée, pour la partie des portraits historiques.

J'avais passé rapidement la revue de ces portraits sans grand mérite pictural. Il y en avait bien une vingtaine : hommes de guerre, magistrats, courtisans, dont j'aurais pu avec quelque étude apprendre les noms, mais je m'arrêtai soudain : *j'avais trouvé !*

C'était une figure de jeune homme — vingt-cinq ans peut-être — poudré avec soin. Son regard se fixait sur vous, brillant d'une gaieté qui n'était pas exempte de malice. Sa joue avait un commencement de fossette qui donnait le dernier cachet à cet aimable et doux visage.

Le costume était magnifique : habit écarlate à brandebourgs mi-partie or et argent, parements de velours noir, uniforme des chevau-légers de la garde du Roi, compagnie de Chaulnes.

Quelques francs payèrent la rançon du bel officier et j'allais me retirer, lorsqu'une explosion formidable, comme celle que produirait un feu de peloton, retentit à une assez grande distance et dans la direction du boulevard du Temple.

Une immense clameur lui succéda.

— Allons! pensai-je, encore une émeute!
allons-nous revoir les beaux jours du Cloître
St-Merry et de la rue Transnonain? Les aver-
tissements ne nous ont pas manqué. De Berlin — pourquoi toujours de Berlin et d'où vient
ce vif intérêt que le Prussien prend à nos affaires? — n'a-t-on pas écrit que l'anniversaire des
glorieuses ne se passerait pas sans quelque
chose? et nous sommes au vingt-huit juillet. Est-
ce ce quelque chose qui vient d'éclater? et au-
ra-t-on choisi ce jour même où Louis-Philippe,
accompagné de ses fils et de ses ministres, par-
court la ville à cheval.....

Pendant que je me parlais ainsi à moi-même,
quelques hommes arrivent à toutes jambes du
boulevard Saint-Martin. La foule les suit courant
éperdue, effarée. On dit que Louis-Philippe
vient d'être blessé, ainsi que le duc d'Orléans;
que le prince de Joinville se meurt, et que plusieurs généraux sont sur le carreau ainsi qu'un
grand nombre de gardes nationaux et de gens
du peuple, d'enfants etc. qu'une machine infernale a été dirigée contre Louis-Philippe et
son cortége d'une maison du boulevard du Temple, voisine du *Café Turc*.

Il y avait malheureusement beaucoup de
vrai dans ces récits. L'explosion de la machine

infernale avait eu lieu au moment où Louis-Philippe, à cheval, se penchait pour prendre une pétition que lui présentait un garde national. Il n'avait été atteint par aucun projectile; mais sa monture, en se cabrant au moment de l'explosion, l'avait frappé d'un fort coup de tête.

Le duc d'Orléans souffrait d'une contusion à la jambe droite, et le cheval du prince de Joinville était blessé très-grièvement. Au nombre des morts se trouvaient le maréchal Mortier, un général, plusieurs officiers supérieurs, des gardes nationaux, des ouvriers, des femmes et jusqu'à une jeune fille.

M. le duc de Broglie père, alors ministre des affaires étrangères, l'avait échappé belle. Une balle l'avait atteint en pleine poitrine et l'eût tué infailliblement si elle ne se fût aplatie sur sa plaque de grand'croix de la Légion d'honneur.

Mais la mitrailleuse; car l'invention de cet engin appartient à Fieschi, ne fonctionna pas mieux que celles qu'on a faites depuis. Deux de ses canons ne partirent pas; quatre éclatèrent et blessèrent Fieschi lui-même.

Après l'explosion et le moment de stupeur qui la suivit, on compta les morts, on releva les blessés, et le cortége se mit en marche pour revenir aux Tuileries.

3

Alors ce fut sur toute la route une ovation non interrompue et vraiment enthousiaste. Cet attentat avait refait à Louis-Philippe la popularité des premiers jours. Je le vis de très près quand il passa sur le boulevard, à la hauteur de la porte Saint-Denis, où j'étais resté avec le portrait de mon cornette, — que je faillis perdre au milieu de la foule.

Son cheval allait au petit pas. Le roi était souriant. Il avait la tête nue, et saluait sans cesse de la main et du chapeau. Sa figure, sur laquelle le jour donnait en plein, ne portait pas trace de la moindre émotion.

Or, les Français aiment que leur roi n'ait pas peur.

Et Louis-Philippe n'avait pas peur. Bien des fois naguère on l'avait averti qu'un complot allait éclater, qu'on l'attendait pour le tuer, — et combien y en eut-il de ces complots! Louis-Philippe a été le plus *tiré* des rois de son temps — et jamais cela ne l'a arrêté, même quand Marie-Amélie et les princesses d'Orléans se sont jetées à ses genoux pour le supplier de ne pas sortir.

Si ce n'était pas une nature chevaleresque, il avait au moins ce courage difficile, ce généreux dédain qui empêche de craindre l'assassin caché dans l'ombre.

Sa liberté d'esprit était si entière ce jour-là, qu'il aurait dit à un de ses fils en voyant l'enthousiasme de la foule, et faisant allusion à un projet de loi de finances qui soulevait à la Chambre une vive opposition : « A présent « nous sommes sûrs d'avoir nos apanages! »

Si le mot est vrai, l'homme serait là tout entier.

Comme Paris devient odieux quand son mal le reprend; quand il a un de ces accès de crime qui lui reviennent périodiquement; comme on a le cœur serré quand la foule s'enfuit, que la fusillade éclaircit ses rangs, et que l'on entend pendant la nuit selon l'expression du poète :

Rouler les lourds canons sur le pavé des rues !...

Le prince de Metternich a dit : « Nous avons « ici à Vienne les révolutionnaires naïfs ; à « Paris vous avez les révolutionnaires scélé- « rats. »

Moins d'un an après l'attentat de Fieschi, on tirait de nouveau sur Louis-Philippe. C'est miracle qu'il n'y soit pas resté à la fin; et qui sait dans cette hypothèse ce qui fut arrivé en France?

Moins d'un an après Fieschi, Alibaud déchargeait un fusil-canne sur le roi qui, se rendant à Neuilly, paraissait à la portière de son carrosse, pour saluer le poste du pont tournant.

Le coup était encore manqué; mais de bien peu, car la bourre du fusil avait atteint Louis-Philippe à la tête : on la voyait fumante dans la chevelure royale.

Je fis alors une remarque, c'est que, fidèles à eux-mêmes, les publicistes radicaux qui avaient parlé du *vieux bourrelier* — car il était bourrelier comme Louvel, — et nous avaient dépeint Morey le complice de Fieschi, comme un vieillard stoïque, irréprochable, presque sublime, furent pour Alibaud abondants, onctueux, attendris.

Voici comment s'exprime un de ces publicistes qui tient le premier rang par le talent et la célébrité : « ..... Le jeune homme, « dit-il, avait quelque chose de prévenant et « d'affectueux dans toute sa personne; son vi- « sage, qu'encadraient de longs cheveux noirs « flottants, était régulièrement beau; ses yeux « bleus étaient pleins de tendresse et sa physio- « nomie présentait un singulier mélange de « mélancolie, de grâce féminine et de fierté... « Conduit à la conciergerie, il y fut *plongé*

« dans le cachot qu'avait occupé Fieschi. On
« remarqua qu'il parcourait avec une distrac-
« tion dédaigneuse les inscriptions que la
« vanité de son prédécesseur avait tracées sur
« les murs..... Il avait beaucoup souffert; mais,
« tout entier *à sa foi républicaine*, il ne s'é-
« tait pas cru le droit de renoncer à la vie uni-
« quement pour échapper à la douleur, et
« c'était dans l'espoir aussi insensé que déplo-
« rable de rendre son suicide utile aux peuples
« par le meurtre d'un roi, qu'il avait quitté
« Perpignan. »

Le président de la Haute-Cour lui ayant
demandé depuis combien de temps il nourris-
sait son projet.

« — Depuis, répondit-il, que le roi a mis
« Paris en état de siège, qu'il a voulu gou-
« verner au lieu de régner ; depuis qu'il a
« fait massacrer les citoyens dans les rues de
« Lyon, et au cloître Saint-Merry..... J'avais,
« ajoute-t-il dans un autre endroit de son inter-
« rogatoire à l'égard de Louis-Philippe le droit
« dont usa Brutus contre César. »

Et, chose singulière ! il se trouvait en parlant ainsi, en communion d'idées avec le ministre qui demandait sa tête ; avec un historien
célèbre, auquel, dans le parti républicain, on

attribue presque exclusivement le mérite de la libération du territoire : « Des républicains qui « croyaient voir un nouveau César — il est ici « question de Bonaparte — pouvaient s'armer « du fer de Brutus sans être des assassins. »

C'est M. Thiers qui parle ainsi.

Il faut cependant être conséquent. S'il a été commis un crime qui fait horreur à tous les honnêtes gens, un forfait dont le panégyrique gêne un peu les radicaux eux-mêmes, ce n'est donc point « parce qu'il s'est rencontré une de « ces organisations à part, qui réunit en elle « toutes les conditions nécessaires pour un « pareil crime : des idées démagogiques, des « inclinations basses et perverses, la misère et « le désœuvrement, la cupidité et la paresse, « l'ignorance et la vanité, le désir immodéré de « parvenir avec l'inhabileté à tout. » — Ah! Monsieur le procureur général, que n'êtes-vous encore à destituer, vous qui paraissez croire qu'un homme laborieux, exact dans ses affaires, honnête dans sa vie, n'acceptera jamais le rôle d'assassin! — C'est parce que l'assassinat politique est un droit.

Alibaud a lu à Perpignan des journaux avancés; il s'est donné la mission de tuer le roi, parce que celui-ci ne gouverne pas à son gré.

Il dit devant la cour : « Le régicide est le « droit de l'homme qui ne peut obtenir jus- « tice que par ses mains » et il est d'accord sur ce point avec l'école démocratique. Cette doc- trine du *droit* que l'on s'arroge sur une vie humaine, est exclusive à cette école.

« C'était un jeune homme qui avait *quelque* « *chose de prévenant et d'affectueux* dans toute « sa personne. Son visage qu'encadraient de « longs cheveux noirs flottants, etc. » Vous avez lu cela tout à l'heure. Quant à la vic- time, heureusement échappée à la balle, elle n'a pas de longs cheveux noirs flottants, mais une perruque qui flambait déjà au contact de la bourre du fusil, une perruque de nulle va- leur et hors d'usage ; et, d'après le morceau, il est clair que c'est Louis-Philippe qui a tous les torts.

Le jeune Perpignanais n'avait pas volé non plus à l'armurier Devismes, la canne-fusil dont il s'était servi pour commettre son attentat. D'ailleurs c'est un détail.

Ecoutez les derniers traits, et voyez comme notre auteur républicain devient tendre : « Il « passa la journée du dimanche — il avait été « condamné à mort et l'exécution devait avoir « lieu le lundi — tantôt plongé dans une grave

« contemplation, tantôt chantant des airs de
« son enfance et de son pays. »

C'est de l'églogue ! et pendant que de graves écrivains s'étudiaient ainsi à pervertir le
sens moral des masses, les petits journaux se
demandaient si quelqu'un avait jamais vu un
Ali-beau, ou Ali-bot.

Ils niaient l'attentat : le prétendu Alibaud
était un agent de police.

Ils firent de même pour Bergeron. Bergeron était un charmant garçon, un étudiant jovial.
Mais lui, tirer sur Louis-Philippe ! c'était une
invention de mademoiselle Boury, pour avoir
un bureau de tabac.

Voilà où l'on en était déjà descendu dans
notre France, autrefois patrie de l'honneur : à
faire impunément l'apologie de l'assassinat, à
l'ériger en dogme. — Louis-Philippe d'Orléans
servait de cible au premier scélérat dégoûté de
la vie — et Louis-Philippe occupait ce poste
dangereux du trône en France, lui qui n'y
était pas obligé !

Le petit nombre de boutiques restées ouvertes, se fermaient précipitamment. Arrivé chez
moi, je déroulai ma toile.

Ce gracieux portrait était une précieuse œuvre
d'art. Il avait ce moelleux, ce brillant, ce velouté

que cherchent nos peintres d'aujourd'hui et qu'ils
cherchent avec raison dans les modèles du xviii^e
siècle.

J'interrogeai longtemps en vain l'officier des
compagnies rouges. Il me regardait avec son
fin sourire et semblait se railler de mes efforts.
Enfin un jour le hasard fit tomber sous mes yeux
un livre intitulé : *De la défense des places.*

— Ah! pour cette fois, mon bel inconnu, je
vous tiens et je ne vous lâche pas! C'est à
moi de rire à présent. Voilà votre portrait. Je
le vois gravé au frontispice de ce livre et je vous
reconnais, bien que vous portiez l'uniforme de
maréchal de camp, avancement qui vous échut
de bonne heure, et que vous aviez su mériter.
Tout chevau-léger que vous étiez, vous pour-
suiviez ces études fortes et ardues qui ont fait
de vous un émule de Vauban et du chevalier de
Folard. Vous êtes même devenu membre libre
de l'académie royale des sciences. L'élégance,
la distinction, l'air de cour ne vous empêchaient
pas d'être savant, d'être profond, comme l'ont
prouvé vos services en qualité d'ingénieur, et
le gros volume où vous avez exposé votre système de guerre défensive.....

Vous vous appelez Marc René, marquis de
Montalembert, et je vois au bas de la gravure

que vous avez été peint par Latour, peintre
du roi !

Il me restait encore à connaître le nom du
cardinal.

Je fus plusieurs années à le chercher. Qui
me tira d'embarras ? L'évêque de Meaux.
Mgr Allou, vénérable successeur de Bossuet,
m'apprit que mon beau vieillard était le cardinal de Fleury, François de Rosset de Roco-
zel, précepteur de Louis XV, et longtemps
son premier ministre.

Quant à la peinture, elle est de Rigaud,
très-soignée, comme tout ce qui est sorti du
pinceau de ce peintre excellent.

IV

Les Sceaux. — Les Glorieuses.

I

Paris était encore à la merci de l'imprévu et l'on n'avait jamais, en le quittant, la certitude d'y rentrer quand on voudrait.

A la campagne, où l'on jouit d'une si profonde paix, quelque chose avait bien circulé.

Les faubourgs ne sont pas tranquilles, disait-on.

Mais on a des devoirs qui vous appellent à la ville, des inscriptions à prendre, des bibelots à chercher... on se met en route.

C'est encore le temps des classiques diligences. Vous arrivez à la barrière de la Villette.

Le véhicule s'arrête; on parlemente. Il y a du nouveau.

— Allons, messieurs, descendez, dit le conducteur...

Il n'ajoute rien; mais on chuchotte...

— Une barricade au haut du faubourg Saint-Denis!

L'on descend d'assez mauvaise humeur, et il faut regagner son gîte comme on peut, en faisant quelquefois plusieurs kilomètres à pied; car les voitures ne roulent plus; la circulation vitale de Paris est arrêtée; on n'entend plus ce bourdonnement qui, dans les temps ordinaires ne cesse ni jour ni nuit...

Quelques cris de patrouille, quelques coups de fusil isolés, dernières convulsions de l'émeute . . . .

. . . .

Le Louvre n'était pas encore achevé. Au lieu de ces vastes espaces, la cour du Louvre, la place du Carrousel, c'était un dédale de petites rues, de petits retraits : les ruines de l'ancienne église collégiale de Saint-Thomas du Louvre, les écuries de Chartres, la cour Matignon, la rue et l'impasse du Doyenné où étaient les bureaux de la *Gazette de France;* et, au milieu de

la place du Carrousel, une maison haute et
isolée, l'*Hôtel de Nantes*, qui dressa si longtemps
ses murailles en face du château des Tuileries
comme un autre moulin *sans souci*, témoignant
du respect dont on entourait la propriété privée
sous le régime monarchique. Pour venir à bout
de cet *Hôtel de Nantes,* il n'a fallu rien moins
que cette loi d'expropriation pour cause d'utilité
publique, loi d'essence toute révolutionnaire.

Le Louvre et la rue Saint-Honoré étant pa-
rallèles, communiquaient par plusieurs petites
rues obscures et mal habitées, qui n'existent
plus aujourd'hui.

La rue Froidmanteau, l'une d'elles, débou-
chait sur un espace assez malpropre, non pavé,
un peu montueux. A droite, vous aviez un égoût
s'ouvrant sous la maison borgne qui faisait le
coin de la rue du Carrousel ; à gauche, c'étaient
des palissades en planches, protégeant le Louvre inachevé : pierres de taille non encore
sculptées, amorces pour les constructions à venir :
le tout rappelant au vif ces monuments de la
vieille Rome, autour desquels se groupent et se
serrent de pauvres échoppes avec leurs habi-
tants en guenilles — un sujet digne d'un peintre
de ruines comme Hubert Robert.

Là même, et dans une baraque de bois,

s'était établi un artiste qui prenait le titre de graveur sur métaux, — Pauvre boutique, pauvre artiste !

Il avait exposé dehors et dans un vieux tiroir quelque chose d'aussi intéressant que les meilleurs produits de son travail, et je m'y arrêtai.

J'avais devant les yeux une collection de sceaux des plus complètes, depuis le double écusson accolé de France et de Navarre avec le pavillon royal et les anges de carnation pour support, et le vieux cri : *Montjoye Saint-Denis !* jusqu'à l'écu de France chargé du lambel à trois pendants, et sommé d'une couronne fleurdelysée, mais non fermée de la maison d'Orléans. J'y reconnaissais encore le bâton *péri en bande* des princes de Condé, l'écu écartelé contre écartelé de France et de Dauphiné et de Bourgogne, du prince qui fut père de Louis XV, et qui eut Fénelon pour précepteur ;

Les macles de Rohan, la bande d'or de Noailles, les fasces chevronnées de La Rochefoucauld avec leur Mélusine, la croix cantonnée de billettes de Choiseul...

Il n'y manquait que le grand sceau de France, celui qui servait aux lettres patentes, aux actes de l'autorité royale !

Tous ces sceaux étaient en cuivre et avaient

figuré dans un cabinet, car ils étaient plats.

C'étaient des sceaux pour exposer, non pour servir.

J'en pris une trentaine à raison de dix sous pièce.

Je regrette ma retenue.

De quel prix ne serait pas aujourd'hui cette collection !

Mais je voulus faire un choix et je laissai entre autres une quantité de sceaux allemands qui, pourtant, n'étaient pas les moins curieux : armes de Prusse, pallé d'argent et de sable, l'écu soutenu de deux sauvages de carnation avec leurs massues et la devise : *Gott mit uns* en caractères tudesques.

Ce sceau était en fer, d'un assez grand module et, au contraire des sceaux français, portait à l'envers l'amorce nécessaire pour y adapter une poignée : on voyait du reste qu'il avait servi.

Il y avait aussi, et toujours en fer, avec amorce, l'écu électeur Palatin, fuselé en bande d'argent et d'azur; électeur de Saxe, fascé d'or et de sable au cancerlin de sinople brochant sur le tout; électeur de Hesse, le taureau furieux lançant des flammes par les yeux, par les naseaux, par les flancs et par les aisselles.

Tous ces écus étaient coiffés du chapeau d'électeur, avec profusion de lambrequins, de vols, de demi-vols, de bras armés, de tromdes d'éléphants, de marottes et de têtes de fous, accessoires dont les allemands sont si prodigues.

Tous, tant allemands que français, avaient certainement été volés, mais où ?

On ne sait pas ou l'on a oublié ce que fut la révolution de Juillet. On ne spécifie aucun de ses méfaits parce qu'ils étaient collectifs ; ils avaient pour auteur cet être irresponsable, le *Peuple souverain*.

Le pillage était à l'ordre du jour. On allait aux châteaux ci-devant royaux.

Les *aimables faubourgs* vinrent même au Raincy, rendre visite à M. le duc d'Orléans. On faisait main basse sur les mobiliers ; on emportait ou on dispersait les collections, de même que l'on détruisait dans les parcs et dans les réserves le gibier à poil et à plume.

Et cela dura quelque temps, — je veux dire que les journées de Juillet eurent des échos.

Les vainqueurs firent des expéditions qui n'avaient pas pour excuse l'ardeur de la lutte, et je me souviens que les bouchers de Paris renouvelèrent plusieurs fois leurs appro-

visionnements de cerfs, de daims, de che-
vreuils assommés par la *sainte canaille* dans
les parcs de Saint-Germain, de Meudon, de
Saint-Cloud et de Rambouillet.

C'était de la viande à quatre sous la livre
et on se procurait pour vingt sous un faisan
tué à coups de bâton.

V

In-folios. — Gravures au burin et au pointillé de couleur. Cartes géographiques.

I

Les abords du Louvre, le quai de l'Ecole spécialement, ont été de bons endroits pour les amateurs d'estampes.

Derrière la maison des *Débats*, s'élevait à une grande hauteur, un mur nu, sur lequel on lisait : *Bapst et Lemoinne, joailliers de la Légion d'Honneur.*

On était là en pleine lumière et au grand soleil, ce qui avait son prix, l'hiver, pour feuilleter les cartons rangés le long des boutiques, et qui contenaient le *Chevalier* d'Albert Dürer, la *Mélancolie* du même, les *Malheurs de la Guerre* par Callot et Israël, avec une

poésie à laquelle Malherbe était certainement
étranger, aussi bien que Racan.

Au bas de la gravure représentant des soldats occupés à piller, on lisait :

L'un pour avoir de l'or invente des supplices ;
L'autre à mille forfaits invite ses complices ;
Et tous, d'un mesme accord commettent mécham-
[ment
Le vol, le rapt, le meurtre et le violement.

Là on trouvait la série des gravures que fit
Callot à l'occasion des *Festes données en la ville
de Nancy* pour le mariage de Madame Nicole
de Lorraine, où il y eut des mascarades, des
chevauchées, des carroussels. Callot avait été
chargé d'inventer et de dessiner les costumes,
les caparaçons, les chars, et il imagina ce fameux
dragon roulant sur lequel on voit *Monsieur le
prince de Phalsbourg tenant au combat*.

C'étaient de *vrais* Callot ceux-là, comme les
Dürer, les Rembrandt, les Marcantoine étaient
aussi des *vrais*. Les faussaires du burin en
étaient encore à débuter dans leur malhonnête
industrie.

Aimait-on les Edelinck ? on pouvait faire sa
main sur le quai de l'École.

Avait-on une préférence pour le burin si

délicat et si vrai de Nanteuil? on n'avait qu'à choisir.

Dans ces larges cartons, les planches du puissant mais dur et rugueux Audran, se trouvaient mêlées aux épreuves un peu négligées de Chereau et de Longueil. Je m'y suis procuré un Louis XIV en habit royaux, gravé par Drevet d'après Rigaud, et une Marie Leczinska par Larmessin, épreuve très-forte de très-peu après la lettre, œuvre étonnante de talent et plus encore peut-être de patience, à cause des broderies et des perles dont la robe de la reine est entièrement tissue.

Un jour, dans ce sanctuaire de la gravure, vint échouer une légion d'énormes in-folio, aux solides reliures en veau, aux tranches rouges. Cela faisait penser à un banc de baleines surpris à la marée basse, et j'y pus voir, empilés sur des escabeaux, devant la porte, un *Armorial général de France* et une *Histoire des grands officiers de la Couronne*, avec des fers aux armes de Bourbon-Penthièvre.

Ces livres avaient été à Issy ou à Sceaux. Ils en venaient certainement. Mais qui les en avait enlevés, et comment se trouvaient-ils là sur le quai?

Cette masse de papier, qui aurait fait le chargement d'une forte charrette, était destinée au pilon : on allait la mettre en pâte.

Acheter ces beaux volumes, les sauver, fut ma première pensée...

Mais comment les loger dans ma modeste bibliothèque ?

Il n'y fallait point songer.

Je me détournai d'eux l'œil humide ; je les abandonnai, bien à mon cœur défendant.

Que sont-ils devenus? A présent on ne trouverait les pareils que dans les dépôts publics ou dans des collections qui se dispersent rarement et atteignent des prix invraisemblables...

Pour oublier mon chagrin, je me procurai à raison de cinq sous le volume, un *Etat de la France*, très-belle reliure, édition de 1712, par Trabouillet, bon livre, officiel et plein de renseignements précieux. Ces trois tomes tiennent facilement sous mon bras. Leur format in-12 n'offusquera pas les livres déjà en possession de mes rayons...

Ils y prendront place à côté des *Souverains du Monde*, ouvrage de même nature, et à propos duquel il me souvient d'un incident qui prouve que les chercheurs ont quelquefois de singulières fortunes, et qu'il y a une Providence pour eux.

Les *Souverains du Monde*, cinq volumes petit in-8°, Leyde 1775, c'est l'*Almanach de Gotha* de l'époque, mais plus détaillé, avec les généalogies et les armoiries gravées en taille douce.

Rencontrant ce livre à l'étalage d'un bouquiniste du quai Saint-Michel, j'hésitais à l'acheter parce qu'il était privé de son quatrième volume.

Cependant le bas prix me détermine. Je prends l'ouvrage dépareillé pour ce qu'il contient : — si je ne collectionne pas, j'apprendrai.

A quelques jours de là, j'entends dire qu'il y a dans une des petites artères aboutissant à la rue Saint-Jacques, un bouquiniste en chambre, qui complète les ouvrages dépareillés.

Je cherche ; je trouve la rue ; j'aperçois la maison et je monte. C'était très-haut, cela ne sentait pas bon, et on n'y voyait guère.

A ma première demande, l'hôte de la poudreuse mansarde me met en mains *mon* quatrième volume. Je dis « mon » quatrième volume, parce que c'étaient même format, même date, mêmes caractères, même reliure que les miens, dont ce volume avait dû être distrait à une date, et dans des circonstances que j'ignore ; et, quand heureux de cette découverte et prêt à la payer

ce qu'elle vaut, je demande au brave homme
à combien il l'évalue, lui, d'un air timide :

— Un franc, me répond-il d'une voix presque tremblante.

Il craignait d'avoir énoncé un chiffre ridicule
d'exagération !

En emportant mon quatrième volume, j'a-
dresse un remerciement attendri à mon bouquiniste, aussi blafard que son taudis et que sa rue,
qui était si je ne me trompe la rue des Cordiers,
allant de la rue Saint-Jacques à la rue de Cluny.

Mais j'étais encore chagrin, et je me prenais
à regretter de n'avoir pas à ma disposition un
de ces beaux hôtels, l'hôtel de Luynes par
exemple — ce nom vous vient naturellement à
la pensée quand il s'agit des choses de l'art —
ou l'hôtel de Larochefoucauld, rue de Seine, ou
l'hôtel de Biron, rue de Varennes, pour y loger
à l'aise, dans de vastes bibliothèques, les
grands in-folio dont je deviendrais acquéreur,
et y ranger sous des vitrines, dans de longues
galeries, les objets d'art de toute sorte que je
ne pourrais manquer de découvrir.

L'ambition du collectionneur est sans bornes.

Le Louvre n'est pas trop grand pour contenir tout ce qu'il espère posséder un jour de
choses belles et rares.

II

Sous les arcades de l'Institut où on les avait laissés s'établir, — tolérance paternelle qui a bientôt cessé — les marchands d'estampes vous offraient des kermesses de Teniers gravées par Ph. le Bas, épreuves très-fortes et qui ont autant de valeur qu'en ont peu les épreuves fatiguées — les seules qui soient à présent dans le commerce.

On y trouvait aussi, — chose disparue — des gravures au pointillé de couleur, scènes de famille d'ordinaire et remarquables de naturel.

Les Anglais excellèrent dans ce genre qui fut en faveur de 1789 à 1810.

Le Retour du soldat, *Soldier's Return* d'après Reynolds, est un chef-d'œuvre de sentiment et d'expression. Jamais mari de retour n'a été revu avec cette joie immense et qui tient du délire. Sa femme lui jette les bras autour du cou et l'étreint si fort, que le pauvre homme avec son casque en cuir bouilli à chenille, en est ébranlé sur sa base.

Cela traînait partout, et personne n'en voulait. On avait trop l'embarras du choix. L'ar-

gent valait le double de ce qu'il vaut aujour-
d'hui et les objets d'art n'en valaient pas le
vingtième.

On préférait les gravures au burin. Au premier rang de celles qui s'offraient aux amateurs,
est le chef-d'œuvre de Masson.

Masson a peu produit. Son coup d'essai, qui
fut un coup de maître, est un portrait de François de Lorraine, comte d'Harcourt, l'homme
aux historiques boucles d'oreilles :

> Cet homme gros et court
> Si connu dans l'histoire,
> Ce grand comte d'Harcourt
> Qui s'est couvert de gloire
> En secourant Casal, en reprenant Turin
> Est maintenant (bis) geôlier de Jules Mazarin.

Cela se chantait sur l'air du *Petit homme gris*.
— Ces vers qui ne sont toujours pas de Racan
mais de Scudéry ou de sa sœur Magdeleine, le
comte d'Harcourt se les était attirés pour avoir
fait arrêter et mettre à Vincennes, par ordre du
Roi, le prince de Condé qui le méritait bien et
auquel pareille mésaventure arriva plus d'une
fois.

Le comte d'Harcourt est en effet un gros
homme auquel ses longs pendants d'oreille don-

nent quelque chose de très-particulier, mais qui n'est point de la distinction.

Il y a de singuliers moyens d'influence sur le soldat : qui sait si ces boucles d'oreille avec le surnom de *Cadet la Perle* n'en étaient pas un que le comte d'Harcourt avait trouvé?

Homme de guerre du plus grand mérite, général heureux — et l'on sait combien Mazarin estimait ce titre d'heureux, — François de Lorraine comte d'Harcourt, d'Armagnac et de Lillebonne, avait hérité de ses aïeux les ducs de Guise, les talents militaires mais non ces traits du visage, cette belle prestance qui faisaient dire à la maréchale de Retz : « Ils « avaient si bonne mine ces princes lorrains, « que près d'eux les autres princes paraissaient « peuple! » Et au duc d'Epernon : « Les hugue- « nots étaient de la Ligue, quand ils regar- « daient le duc de Guise. »

Le comte d'Harcourt a de gros traits, des moustaches rousses, avec une chevelure de même couleur qui lui descend crépue sur les yeux : *goussaut et blondasse* eut dit, M. de Saint-Simon qui trouva ces adjectifs pittores- ques pour M. de Châteauregnaud, vice-amiral de France...

Mais que se passe-t-il là, tout près de moi?

Je parle de Mazarin, et voilà que le palais Mazarin bourdonne comme une ruche dont les abeilles vont essaimer.

On en sort en gesticulant. Pendant qu'on fait approcher les carrosses près des lions accroupis qui jettent l'eau par la gueule, on parle avec animation ; on prononce les mots de *maître d'école; de férule*...

— C'est sans précédent, entends-je dire. Où sont les traditions courtoises de l'Académie?

La coupole de l'Institut en frémit. Il ne s'était jamais passé chose pareille dans la maison des Quarante.

Avec sa figure osseuse, son menton proéminent, son œil grand ouvert dans une cavité profonde, M. Molé, directeur de l'Académie française, venait, de sa voix la plus sèche, de faire la leçon à M. Alfred de Vigny.

C'était entre ces deux personnages un contraste complet.

Les hommes célèbres, les écrivains trompent souvent l'idée que nous nous faisons de leur personne.

On se rappelle la déception qu'éprouvèrent les jeunes gens et les dames qui vinrent à la réception d'Alfred de Musset, et qui s'étaient imaginé un personnage poétique, à la voix suave, à la tournure élégante : qui s'étaient fait un Alfred de Musset d'après ses œuvres.

Même désillusion leur réservait l'auteur d'*Eloâ* et de *Chatterton*. On vit un petit vieux au nez pointu, à la chevelure abondante et bouclée, tombant *blonde* sur les épaules qu'elle couvrait en grande partie : une contrefaçon de la tête connue de Bernardin de Saint-Pierre ; et plus bas, de courtes jambes, un gros ventre sanglé dans un habit d'académicien...

Il n'y avait là rien qui répondît à ce que je m'étais figuré de l'ancien officier d'artillerie de la garde, du poète dont le crayon de Devéria avait idéalisé les traits.

Les remontrances salées de M. Molé, tombant sur cette vieille tête bouclée qui pinçait des lèvres en les recevant, faisaient sourire...

Ah ! certes, M. Molé ne pouvait être accusé de s'attarder dans le sentier battu des banalités complimenteuses ! Il allait droit devant lui, frappant d'estoc et de taille, faisant litière des plus heureuses fictions du romancier.

Il s'en prit surtout à *Cinq-Mars*, accusant l'auteur d'être un falsificateur de l'histoire, d'en répandre des notions erronnées, propagande d'autant plus dangereuse et plus efficace qu'elle s'aidait du talent de l'écrivain...

Mais il fut bref sur l'article du talent, ce qui fit croire qu'il n'aimait pas à voir entrer les hommes de lettres dans une compagnie créée sans doute un peu pour eux...

Son langage froissa ceux des auditeurs, et ils étaient nombreux, qui voyaient dans l'auteur de *Cinq-Mars*, de *Chatterton*, de *Servitude et grandeur militaires*, une de nos plus pures gloires littéraires; qui honoraient en M. Alfred de Vigny, le caractère uni au talent.

Je partageais ces impressions de la foule; j'étais troublé comme elle.

Est-ce ce trouble qui me fit acheter la belle gravure de Masson?

Une carte de France de Cassini tomba sous ma main. C'était une superbe chose, atlas collé sur toile rousse, en une cinquantaine de feuilles. On l'eut dit gravé d'hier, tant il était fort et bien conservé.

Je le fis porter chez moi.

La veille, j'avais acquis la série des *Incroyables* et des *Merveilleuses* d'après Carle Vernet, quatre sujets tout encadrés, à vingt sous pièce.

Cela se trouvait chez un vitrier du cloître Saint-Honoré, à côté d'une estampe représentant la chevalière d'Eon faisant un assaut d'ar-

mes avec le chevalier de Saint-Georges, en
présence du Roi et de la cour, objets plus précieux par leur rareté que par leur valeur intrin-
sèque.

Mes richesses s'accumulaient dans mon logis;
je montais mes collections....

Mais j'échouai au *bacho*. M. Lefébure de
Fourcy me *colla* sur les mathématiques.

VI

Le premier Tableau. — A la recherche d'un Cadre. —
Les belles Dames. — Santerre. — Mignard. —
Mlle de Laval. — Le Régent.

I

Ce n'est pas un échec éprouvé devant la
Faculté des Lettres, qui découragera un amateur. Chaque chose aura son tour, même l'étude
des mathématiques, on se le dit du moins, et
l'on revient à ses habitudes.

Observer l'objet que l'on convoite, s'assurer
si l'on a bien vu, et, après un examen attentif
quoique rapide, en décider l'acquisition; le
marchander, l'obtenir, l'emporter comme une
proie sous son bras, voilà le bonheur!

5

J'avais aperçu au fond d'une boutique ou plutôt d'un campement de brocanteur du faubourg du Roule, une peinture qui m'avait attiré de loin par ses tons harmonieux, doux et vrais.

Mais je n'osais aborder de front les négociations, parce que cette peinture étant en bon état et n'ayant besoin tout au plus que d'être revernie, je pressentais de la part du marchand des prétentions incompatibles avec ma situation budgétaire.

C'était un portrait, et la personnalité de ce portrait n'ajoutait que peu à sa valeur comme œuvre d'art. C'était Philippe d'Orléans, régent de France, jeune encore, en cuirasse, de grandeur naturelle, plutôt plus que moins. Avant de me déclarer, et pendant qu'elle brillait à l'étalage du marchand, je m'assurais qu'elle avait été gravée en tête d'une édition de Boileau, dédiée au Régent lui-même. La gravure était de Chereau, d'après Santerre.

L'œuvre possédait tous les mérites, tous les ragoûts qu'avait su y mettre le peintre de talent auquel on doit *Suzanne et les Vieillards*, qui tient si bien sa place au Musée du Louvre.

Je connais peu de tableaux de Santerre, qui, je crois, a peu produit.

Ce portrait avait une belle attitude. La figure

était souriante, le teint un peu émerillonné, trace des soupers de la Régence, hommage rendu à la vérité par l'artiste. Les mains étaient belles et très-soignées. Elles s'échappaient de l'acier légèrement verdâtre du brassard, par un flot de mousseline qui en laissait voir les élégantes attaches; la peau était d'un blanc rosé, et l'on voyait sous son tissu circuler le sang dans le bleu des veines. L'une appuyait à la hanche les deux premiers doigts ouverts et posés sur le cordon du Saint-Esprit, l'autre tenait un bâton de commandement.

La cuirasse avait de ces tons heureux, qui font de ce vêtement de fer, le plus beau, le plus élégant, le plus riche de tous les vêtements.

Ici le Régent n'est pas encore l'obèse personnage qu'il fut plus tard. Il est jeune ; il jouit du plaisir, mais n'en est pas encore vaincu.

Ce portrait était celui d'un homme de taille moyenne tout au plus, à la figure avenante et spirituelle. Je ne sais où Voltaire a pris que le Régent était de tous les princes de la Maison de Bourbon, celui qui avait ressemblé le plus à Henri IV.

Prendre ses renseignements en passant chaque jour devant cette boutique, tout en tremblant qu'à la faveur des délais, un autre plus diligent n'eut acheté le tableau : telles sont les craintes d'un débutant dans la carrière.

Je me décide pourtant ; je franchis le seuil et j'aborde le marchand.

La négociation ne fut pas brillante. Le bon état du tableau servait de cheval de bataille à l'enfant du Cantal, et, à moins de vingt francs, il ne voulut pas lâcher le premier prince du sang, petit-fils de France.

Il fallut en passer par là. Je pris la toile sous mon bras et me mis en route, ce qui ne fut pas sans difficulté, parce que l'objet était d'assez grande dimension et que, touchant à terre, il me faisait éprouver une secousse presque à chaque pas.

J'aurais bien pu éviter cette incommodité en le retournant. Alors je saisissais la traverse du milieu, et je tenais mon tableau comme les guerriers de l'antiquité tenaient leur bouclier, et la peinture se trouvait au dehors.

Pourquoi non ?

Heureux Paris où l'on peut, grâce à l'incognito, faire tant de choses sans que personne vous remarque ou vous critique !

Tout le monde passait son chemin sans prendre garde à moi, sans remarquer ma fatigue et mon embarras.

Il n'en fut pas de même à la maison où j'arrivai cahin-caha. J'espérais me glisser inaperçu dans mon réduit avec mon gênant fardeau... vain espoir !

On m'aperçut ; on me fit une réception triomphale, et je fus, un quart d'heure durant, exposé aux quolibets de tous les membres de ma famille.

II

Je n'avais nullement l'intention de garder le portrait du Régent. Je songeai à m'en défaire, et je le fis voir à plusieurs artistes, notamment à Horace Vernet et à Paul Delaroche.

On trouva que c'était bien « c'est bien dans « ce que ça est » prononça Eugène Deveria, l'auteur de la *Naissance d'Henri IV*.

Cela voulait dire bien des choses.

Je cherchai à le vendre non verni. C'est l'état où l'on voudrait toujours trouver les tableaux que l'on achète. Là, point de charlatanisme. La touche du peintre est à nu, et pour ainsi dire en relief ; et l'on sait à qui et à quoi l'on a affaire. Mais je ne réussis pas de ce chef.

Les motifs qui me faisaient désirer de vendre,

s'opposaient paraît-il, à ce que d'autres ache-
tâssent.

Je dus donc m'y prendre autrement : faire
serrer les clefs du chassis afin de tendre la toile
qui recevrait un vernis suffisant pour donner
de l'aspect et du brillant au sujet.

Et puis il fallait lui trouver un cadre.

Cela n'était pas difficile alors.

Là-bas, à l'Est de Paris, sur le boulevard,
entre la rue du Pas-de-la-Mule et la rue du
Pont-au-Choux, était un magasin, entrepôt général de vieilles boiseries en tous genres : écrans,
fauteuils, consoles et surtout cadres. Le contenu
de, ce magasin débordait sur le boulevard qui
est là magnifique.

C'est la paroisse Saint-Paul; on est près de
la place Royale; on voit à peu de distance et
de tous côtés, de grands vieux hôtels qui rappellent les plus beaux noms de notre histoire,
Lesdiguières, Sully, Guéménée... Des ormes
séculaires que l'on abat à chaque révolution
pour faire des barricades et qui, je ne sais comment sont toujours là, forment une large avenue
au-dessus de laquelle leurs grosses branches
s'embrassent dans le ciel.

C'est un concours immense de véhicules de
toutes sortes, depuis la calèche et la voiture de

remise jusqu'au camion et à l'omnibus, ce carrosse de la démocratie qui exécute là des évolu-
tions perpétuelles.

C'est déjà le Paris des faubourgs avec sa
physionomie spéciale. C'était alors un centre.
Nulle part dans les beaux quartiers il n'y avait
plus de mouvement, plus d'animation.

Sur ce *boulevard du crime*, il y avait des
marchands d'oiseaux, des peintres en miniature,
des théâtres de drame et de mélodrame, où le
poison coulait à pleins bords, où se donnaient
des milliers de coups de poignard ; et d'excel-
lents restaurateurs parmi lesquels le *Cadran
Bleu*, tenu par le fameux Bonvalet.

Il y a là Deffieux, il y avait Passoir, et tout
près, de l'autre côté du canal, les *Vendanges
de Bourgogne*.

La vieille gaité française habitait encore ces
parages et régnait dans le dernier *cabaret*.

Rien d'aimable en son genre comme ce coin
de boulevard, chemin de Bagnolet et de la
Courtille.

C'est là que demeurait mon homme, — je
dis homme quoiqu'on ait prétendu qu'un auvergnat n'est pas un homme.

Il avait une spécialité, celle du bois sculpté
sous forme de consoles, de tête à tête, de fau-

teuils, de tabourets de cour en forme d'*X*
auxquels pend encore un lambeau de satin
azur pâle, retenu par des clous d'or.

Mais le bois n'est pas tout le commerce de
mon auvergnat. Il sait tirer deux moûtures
d'un même sac.

Ces meubles, dont il a déjà brocanté le crin
et l'étoffe, portent une épaisse dorure en or fin.
Il a appris à enlever cet or, et à le vendre à
d'autres industriels qui le nettoient et le met-
tent au creuset.

Il lui reste le bois sculpté qu'il vend à la
pratique, dédoré et couvert d'une couche de
blanc pulvérulente, dessous de la couche d'or
enlevée.

C'est l'homme le mieux assorti de Paris.
Vous trouvez chez lui, cadres longs, cadres
carrés, cadres ovales avec de fortes moulures,
depuis les cadres massifs à fleurs taillées dans
le bois du commencement de Louis XIV, jusqu'aux montants tordus et à jour de l'époque
Louis XV, et aux *anses* de l'époque du Régent.

A quelques-uns de ces cadres, tenaient encore
des figures d'ancêtres, têtes à perruque, grandes dames qui minaudaient dans ce magasin
banal, au milieu de ces débris, avec leurs peaux
de tigre, leurs croissants aux cheveux ; avec
leurs arcs et leurs carquois....

Misères humaines! D'où venez-vous, belles chasseresses, et par quelles vicissitudes êtes-vous tombées dans le repaire de l'auvergnat? Qui vous a enlevées aux salons dont vous étiez la parure, à votre cour de parents et d'amis?

Vous avez vu détruire vos foyers et disperser leurs pierres. La pioche s'est attaquée à vos demeures, en a ébranlé les murs.

Les plafonds étaient ouverts et laissaient pénétrer un jour affreux par de larges déchirures, et vous étiez là!

La *bande noire* faisait son œuvre. Elle a déjà monnoyé le plomb des gouttières et des chenaux, vendu le bois de charpente, les pièces de fer. Vous avez vu les parquets des vastes appartements disparaître sous les décombres qui tombaient sans cesse, en faisant monter jusqu'à vous une âcre poussière...

Souvenir d'un temps heureux et brillant! Vos belles têtes qui disent tant de bonheurs, tant d'élégances, tant de triomphes, ont peut-être roulé sur l'échafaud. Vous avez connu le chagrin, les pleurs, la pauvreté; vous avez mangé le pain de la prison; vous êtes montées peut-être dans l'immonde tombereau, à la suite de la plus belle et de la plus malheureuse des reines...

Votre postérité voit des temps sévères; vos petits-fils ne vous connaissent pas. Il y a eu un coup de tonnerre et une longue tempête entre eux et vous. Ils ne verront pas vos traits. Ils ignoreront de quelles beautés, de quelles grâces ils procèdent. Des étrangers admireront seuls vos images anonymes; car vous êtes devenues anonymes, vous qui portâtes des noms si beaux !! . . . .
. . . .

Avant la fin du règne de Louis XIII, on ne connaît pas le cadre doré.

Le cadre dont on se sert est le cadre en bois dur, le plus souvent en ébène, avec incrustations de toutes sortes : écaille, nacre, argent.

Ce n'est qu'à la fin du règne de Louis XIII, qu'apparaît le cadre doré, et il est lourd de forme. Les ornements en sont empâtés, massifs. C'est comme un caisson détaché d'un plafond en boiserie.

Sous Louis XIV, le cadre doré se perfectionne. Il prend de la magnificence et de la grâce. Celui de la Régence est plus riche encore.

Il y en a de plusieurs styles.

Il y a les cadres qui ont aux angles des fleurs

formant saillie, et émergeant de la ligne de la bordure.

Il y en a d'autres, un peu plus sévères ceux-là, qui n'ont que des enroulements et des astragales.

De temps à autre, à intervalles réguliers, le galbe du cadre forme coquille aux angles et au milieu du montant.

Il y a des parties mates faites d'un fond de petites raies entre-croisées, imitant la maille de la dentelle; ceux-là portent sur la voussure du cadre des fleurons, des culs de lampe en demi-relief.

J'en choisis un de ce type pour mon Régent; mais il fallait le redorer. L'industriel s'en chargea, et comme je débattais avec lui le prix de cette opération.

— Soyez tranquille, me dit-il de sa voix gutturale, nous avons un or aussi beau que le vrai, et moins cher : c'est l'or de Berlin!

II

Voulant faire un choix dans la galerie féminine de mon ingénieux industriel, je m'arrêtai à une toile d'une certaine originalité datant du xviie siècle.

C'était un portrait. de femme ou plutôt de jeune fille, les cheveux légèrement crêpés et ramassés sur le front, collier de grosses perles, grosses perles également en poires aux pendants d'oreille, taille très-longue, emprisonnée dans un *corps* rigide, boucles latérales tombant sur les épaules, à la *Sévigné,* avant-bras nus, robe demi-montante, la gorge couverte de draperies plissées, d'une autre nuance que la robe ; belles carnations, bras blancs et potelés, mains à fossettes, doigts longs et effilés que terminent des ongles roses, ayant le poli et le brillant. de l'agathe.

L'ensemble des traits a cette majesté jointe au naturel qui rend si imposants les portraits du temps de Louis XIV.

Et comme il y a toujours dans ce siècle-là du madrigal, — vous vous rappelez l'audace de La Fontaine, dédiant une de ses fables à celle qui n'était pas encore madame de Grignan, et lui disant :

> Sévigné de qui les attraits
> Servent aux grâces de modèle
> Et qui naquites toute belle
> À votre indifférence près

— le peintre a fait lui aussi du madrigal.

Il a mis sur le premier plan un amour qui appuie la tête sur les genoux de la jeune dame, laquelle d'une écharpe de soie à pois, bande les yeux au petit Dieu.

A part la pensée propre au peintre, il y a là une réminiscence du Titien, qui a peint dans la même attitude une femme dont on voit le portrait au Louvre.

Le portrait que j'achetai était celui de mademoiselle de Laval, qui fixa un moment l'attention de Louis XIV.

Les amateurs qui le virent chez moi, l'attribuèrent à Mignard, et c'est absolument le faire de ce peintre : blancheur mate de la peau, transparence sous laquelle on devine plutôt qu'on ne voit une faible teinte rosée qui ajoute de l'éclat au carmin très-accentué des lèvres, au noir luisant et velouté des yeux, sur lesquels s'abaissent de longs cils...

On se rappelle mademoiselle de Laval. Le chevalier de Grammont en a fait un personnage connu.

Cette belle personne, de la maison de Montmorency, était une de ces filles d'honneur de la reine Marie-Thérèse, parmi lesquelles le chevalier de Grammont faisait des battues.

Mais il ne croyait pas chasser sur les terres du
Roi. Il ne s'en aperçut que quand Louis XIV
lui donna une mission très-pressante, auprès
de la cour d'Angleterre.

Cet exil, qui aurait été de courte durée sans
doute, devint volontaire et définitif, le galant
chevalier ayant trouvé à la cour d'Angleterre,
chez la reine Catherine de Portugal, une autre
fille d'honneur, miss Hamilton, fille du comte
d'Aran, qui lui fit oublier la première —
heureux ostracisme auquel nous devons ces
inimitables récits sans lesquels on ne saurait
rien de la cour des derniers Stuarts !

C'est chose remarquable, la faveur tout-à-
fait exceptionnelle qu'ont rencontrée en Angleterre plusieurs de nos compatriotes.

On parlait beaucoup, vers 1840, du comte
d'Orsay, de cet homme étonnant qui n'avait qu'à
emprunter l'habit d'un matelot de la Tamise,
et à se le mettre sur le corps pour en faire venir
la mode, et qui empruntait des sommes folles
en donnant en nantissement les boutons de général de l'uniforme paternel : personnage singulier que copiait ingénument l'aristocratie la plus
exclusive du monde entier ; qui tint le sceptre
de l'élégance dans la patrie de Brummel...

Mais il y a entre Grammont et d'Orsay, toute

la différence qui existe entre le siècle de Louis XIV et l'époque de Louis-Philippe.

J'ai gardé le portrait de mademoiselle de Laval.

Quant à celui du Régent, j'eus beaucoup de peine à m'en défaire. Je l'avais déposé dans une galerie fameuse pour qu'il fût vu. On le voyait et on ne disait mot.

Je lui avais donné un cadre doré tout flambant neuf. Il partit enfin, — grâce à l'or de Berlin.

VII

L'Hôtel des Ventes. — Léopold Robert. — Le Baron Gros.
— Les Vitraux. — Louis David. — Marat assassiné. — Brugayrol.

I

A l'Hôtel des Ventes il y a le bibelot, mais
il n'y a pas espoir de trouvaille : aussi le chercheur n'y va guère, si ce n'est pour se donner
de temps en temps le plaisir de voir payer à
leur valeur et quelquefois au-dessus, des objets
qu'il sait ailleurs se faire donner pour rien ou
à peu près.

L'Hôtel des Commissaires priseurs, c'est
ainsi qu'on nommait alors le lieu où se faisaient
les ventes de tableaux et d'objets d'art, situé
rue Joquelet, n'avait pas les développements de

6

l'immeuble qui a pris sa place, et qui est à cet humble prédécesseur, ce qu'était celui-ci à l'hôtel Bullion.

Sans posséder les développements que l'augmentation des affaires a nécessitées rue Drouot, l'hôtel de la rue Joquelet était commode et suffisamment spacieux; il avait une distribution excellente, et une situation centrale.

MM. Pillet et Bonnefons de la Vialle, figures paternes, qui connaissaient tous les amateurs et les appelaient par leur nom, — ils pouvaient dire comme le pasteur de l'Evangile : je connais mes brebis et mes brebis me connaissent — y régnaient le marteau à la main. Leurs administrés, les habitués de la maison, n'étaient pas les premiers venus. Ils se nommaient Thiers ou Duchâtel; c'étaient encore le duc de Feltre, homme de belle prestance, un des plus assidus; M. Poyferré de Cère, personnage ante-diluvien, qui avait joué un rôle politique à la Chambre des Députés sous la Restauration; le comte de Boisbelle, amateur d'un jugement infaillible, d'un flair étonnant; Guilbert de Pixérécourt, le dramaturge, le colonel Bory de Saint-Vincent, de l'académie des sciences, sur lequel on fit ce quatrain :

Ci-gît qui, de son vivant
Fut un savant sans science,
Gentilhomme sans naissance
Et colonel sans régiment.

C'étaient encore M. Aguado, qui venait d'acquérir et d'inaugurer l'hôtel de la rue Grange-Batelière, en y installant sa magnifique collection de tableaux dont il faisait les honneurs avec la plus gracieuse courtoisie — il n'y a rien qui développe le sentiment de la sociabilité, comme la possession d'une belle galerie — et lord Seymour qui cherchait là quelquefois une diversion aux émotions du sport et aux succès lucratifs que lui avait valus *Miss Annette* sur les champs de course.

On y rencontrait aussi M. Paturle, un Mécène qui commença à coter libéralement les œuvres des artistes vivants.

M. Paturle n'était pas un de ces amateurs qui allaient à la Salle des Ventes pour s'y faire adjuger moyennant une surenchère de quelques francs, un Wouwermans de mille écus plus ou moins chargé de retouches — quand il paraissait dans la Salle, on pouvait être sûr qu'une affaire sérieuse allait s'engager — il allait au Louvre, à l'exposition de peinture et y faisait choix de ce qu'il y avait de mieux.

Il venait de payer cent mille francs pièce les deux tableaux d'un peintre encore peu connu, *Les Moissonneurs dans les marais Pontins*, et *Les Pêcheurs*, deux purs chefs-d'œuvre que Léopold Robert avait rencontrés en se contentant de copier la belle race romaine, et les campagnes qu'elle habite.

A peine avait-on appris cet acte de munificence qui plaçait d'emblée au premier rang, un jeune peintre hier encore ignoré, que la nouvelle de sa mort se répandit.

Que s'était-il donc passé, et pourquoi cet acte de désespoir?

Gros, qui venait de terminer de la même manière une des plus glorieuses et des plus complètes carrières de peintre, Gros avait des motifs, si l'on peut en avoir, pour haïr la vie, pour penser au suicide et pour s'y obstiner, dans une mare du bois de Meudon, où il n'y avait pas assez d'eau pour le noyer et où pourtant il se noya! On avait été cruel pour lui.

Gros venait de faire *Diomède dévoré par ses chevaux*, et on avait tant prodigué l'ironie à ce déclin d'un grand talent, on avait tant bafoué cette gloire qui baissait; on avait tant ri!

Ce rire le tua.

Le choix d'un sujet ultra-classique au nez de l'école romantique encore dans toute sa puissance n'était pas des plus heureux, et quoique l'on eut tort d'y trouver une sorte de provocation, quelques critiques d'art qui ne respectent rien s'en donnèrent à cœur joie et leur plume fut un poignard.... qu'ils aient cette mort sur la conscience ceux qui ont contribué à désespérer le glorieux vieillard dont je vois encore la haute taille, la belle figure, les cheveux d'un blanc d'argent flottant sur ses épaules...

Mais vous, Léopold, au lendemain du triomphe, au printemps de la vie et ayant encore tant de belles œuvres à nous donner !

Un jour, d'énormes caisses furent déballées à la porte de l'hôtel des Commissaires priseurs. C'était à l'époque du *Sunderbund*.

M. de Montalembert avait prononcé à la Chambre des Pairs son fameux discours en faveur de cette *Ligue du Bien Public*, et le gouvernement suisse lui répondait en mettant la main sur les églises et sur les abbayes.

Les radicaux suisses avaient tout intérêt à être radicaux : c'est une opinion lucrative, celle qui consiste à s'approprier le bien d'autrui de par la loi.

Et une abbaye est une véritable mine d'or.

Fers de portails richement ornés, plombs des chenaux et des toitures, chappes dont on revêt les toits en poivrière, grilles en acier fermant le chœur, balustrades métalliques qui s'étendent devant les chapelles latérales et forment les saintes tables : voilà ce dont on peut d'abord tirer parti. Il y a de plus l'airain des cloches qui contient un riche alliage et dont on peut, à l'exemple de nos glorieux ancêtres de quatre-vingt-douze, frapper énormément de gros sous ; car indépendamment des petites cloches qui appellent les religieux au chant des matines, et du glas et des cloches moyennes, il y a le bourdon, forte pièce qui mène en le dominant le carillon des grands jours, et qui pèse !...

Mais ce n'est pas tout. Dans une importante abbaye, la partie mobilière comprenant tableaux, tentures, devants d'autel, chasubles, dalmatiques, ornements en drap d'or et d'argent, et, chose encore plus précieuse, vases sacrés, ciboires, ostensoirs, calices, crosses, croix pastorales, reliquaires en or et en argent ornés de joyaux, n'est pas à négliger.

J'allais oublier les bibliothèques. Ce que peut contenir une bibliothèque de couvent en fait de livres rares, précieux et d'une vente facile ; en fait de manuscrits uniques et irretrouvables, les

italianissimes le savent; les suisses le savent
aussi !

L'abbaye de Muri. diocèse de Bâle, réunis-
sait tous ces genres de richesses. C'est qu'elle
a pour fondateur un comte de Habsbourg, aïeul
de l'empereur Rodolphe. Elle gardait dans ses
archives les preuves et les titres de cette grande
maison, dans les caveaux de son église la sé-
pulture de plusieurs princes.

Quelques juifs, venant à la suite des libé-
raux, avaient acheté l'édifice sur pied, à charge
de démolition, comme on achète un bœuf pour
l'abattoir.

Les juifs sont les auvergnats du Nord-Est.
Un coup d'œil leur suffit pour savoir ce que
vaudra une abbaye vendue par tranches, dé-
chets déduits, et jusqu'où ils peuvent pousser
les enchères.

Les objets encombrants avaient été vendus sur
place ou dans le pays environnant. Les vitraux,
objets de fantaisie, sans valeur fixe comme les
métaux par exemple, les vitraux qui s'adressent
à une catégorie spéciale d'amateurs, avaient été
dirigés sur Paris, et débarquaient à l'hôtel des
commissaires priseurs.

Il y avait là des écussons en aussi grand
nombre que dans les recueils de Paillot et de la

Colombière réunis. C'était un armorial aux couleurs les plus riches et les plus variées et du commencement du XVIᵉ siècle, la belle époque de l'histoire de la Suisse ; car c'est l'époque où nous conclûmes avec cette République, alors catholique en immense majorité et conservatrice, une ligue de fédération et d'amitié perpétuelles. Après avoir vaincu ces montagnards, nous recherchions leur amitié : nous savions ce qu'ils valaient ; car la bataille qu'ils avaient perdue contre nous avait mérité de s'appeler la *bataille des géants*.

Ces écussons, rappelant les bienfaiteurs de l'abbaye, bienfaiteurs obscurs pour la plupart, auxquels la reconnaissance des religieux avait fait un blason, étaient très-fins. Ils entouraient en *orle* des panneaux de vitrage représentant des sujets tirés de la Bible ou des écritures ; mais il y avait surabondance de ces vitraux : c'est ce qui nuisit à la vente. Le public spécial pour ce genre de curiosité manqua ou ne fut pas appelé ; et, pour des sommes minimes et presque sans concurrence, on put se procurer de grandes pages de cet objet d'art, qui n'est ni le moins précieux ni le moins rare.

Et à présent soyez donc empereur, et faites-vous enterrer dans une abbaye avec l'espoir d'y

attendre en paix la résurrection ; soyez citoyen
suisse, et répandez des dons pieux pour assurer à votre âme le secours de perpétuelles
prières !

II

Il avait ses beaux jours, cet hôtel des commissaires priseurs ; mais il avait aussi ses jours
de deuil et de tristesse.

Certaine après-midi, il fut envahi par une
légion de nudités de l'un et de l'autre sexe :
femmes et nymphes décorsetées, guerriers sans
autre costume que leur bouclier. Des toiles de
dimension colossale couvraient les murailles.

Etait-ce un fond de magasin, était-ce un cabinet d'amateur du classique qui liquidait ?
Triste ! triste !

Le public regardait et passait. Il s'était promené, indifférent et rare, dans la salle de l'exposition, la veille de la vente : C'était d'un mauvais augure.

Le moment arriva d'ouvrir les enchères. Peu
de monde dans la salle, et pas de ce monde qui
achète. Cela se sent au flair, et M. Bonnefons
de Lavialle qui était à l'estrade, ne s'y trompait

pas. De tristes pressentiments l'agitaient. Quoiqu'il fut d'une santé exubérante dont témoignait
sa bonne mine, il avait une toux intermittente
qui ne pouvait provenir que de ses préoccupa-
tions.

Quand l'huissier eut, par la phrase sacramen-
telle annoncé l'ouverture de la vente :

— Faites passer! dit le commissaire priseur,
oubliant que la dimension des tableaux ne se
prêtait pas à une circulation facile.

L'auditoire eut un sourire bénévole, et commença à se promener dans la salle peu garnie.
Mais il fallait en venir au fait; le bon commissaire priseur voulut provoquer une réponse du
public en lui posant nettement la question :

— A dix mille francs cria-t-il le *Rapt des femmes étrusques!*

Ce chiffre, et l'énonciation étrange de ce
sujet de tableau produisirent un effet prodigieux.
Ce furent des cris et un effarement; plusieurs
amateurs se dirigèrent vers la porte.

M. Bonnefons de Lavialle retoussa : il
apercevait le désastre.

— Messieurs, dit-il d'une voix qui avait peine
à s'éclaircir, veuillez bien remarquer que ceci
est de Louis David, du grand David : c'est
signé.....

Silence de l'auditoire.

— C'est presque de la dimension de l'*Enlèvement des Sabines* continua-t-il, désireux de ne pas laisser tomber la conversation.

— Presque en effet! répondit ironiquement un amateur.

Le silence, à l'hôtel des ventes a une portée et une signification qu'il n'a pas ailleurs. On ne peut pas dire là qu'il est d'argent puisqu'il signifie zéro, négation; mais c'est la parole qui est d'or puisqu'elle énonce un chiffre et veut dire enchère.

— Messieurs, reprit l'officier ministériel en appelant l'attention sur le tableau mis en vente, c'est de David, du père de l'Ecole française moderne.

Quelles académies! Considérez ces belles formes; voyez ce relief des muscles et ces rotules! On n'a jamais fait de pareilles rotules!!...

Monsieur le marquis, ajouta-t-il, s'adressant directement à M. de Pomereu, vous qui êtes si compétent en matière d'art et qui savez payer les choses ce qu'elles valent, voyez-donc : ce tableau a été acheté plus de dix mille francs en l'année 1808, dont il porte la date...

Mais l'héritier de M. d'Aligre ne disait mot, et les autres amateurs imitaient son silence autour de lui rangés.

Il fallut successivement abaisser la mise à prix jusqu'à trois cents francs. M. Bonnefons de Lavialle balançait la tête, soupirait et penchait sa figure sur le pupitre où étaient ses papiers, ses gants, son chapeau et le petit marteau, interprète concis de ses décisions, pour le moment hélas! immobile et muet.

— Ah! messieurs, dit-il enfin d'une voix émue, par respect pour un grand peintre... pour l'honneur de la France! —...

Un rire bruyant, une hilarité irrésistible accueillirent cette prière en portant au comble la détresse de l'excellent commissaire priseur.

Qu'étaient devenus ces jours de triomphe, où des amateurs bien connus, émergeant de la foule pressée, engageaient, après une chaude escarmouche, un de ces combats mémorables, où les armes étaient des billets de mille francs, et faisaient monter un Gérard Dow à quarante mille francs, et à plus de cent mille francs un Ruysdaël ou un Hobbéma!

Jours de triomphe... et de profit — car il ne faut pas oublier que les adjudications donnent lieu à un prélèvement de 5 % — jours fortunés dont le souvenir rendait plus amère encore la tristesse du moment présent!

Ce fut à grand peine, et cent sous par cent

sous, que les enchères se traînèrent entre les trois cents francs de mise à prix et les cinq cents francs pour lesquels il fallut, bien de guerre lasse, adjuger le *Rapt des femmes étrusques*.

Les autres toiles de même dimension à peu près que celle-là et peintes dans le même sentiment, furent tenues loin de ce chiffre de cinq cents francs.

Le public eut moins d'indifférence pour une œuvre de dimension moyenne tout au plus, *Marat assassiné dans son bain*. On y voyait la face ignoble du tribun, couverte de la pâleur de la mort, l'œil entr'ouvert, la bouche entre-bâillée, la tête serrée dans un malpropre mouchoir de couleur, la main crispée au rebord de la baignoire; et puis un sordide couteau, une eau tiède rougie par le sang... quelque chose de hideux et de nauséabond.

David avait dû entrer dans le bouge de la rue Saint-André-des-Arts, au premier bruit de l'assassinat, et ramener dans une esquisse faite à la hâte, tous ces détails, exacts comme un procès-verbal, et qui lui ont servi à faire ce terrible tableau; je dis terrible, car au souvenir qu'il m'a laissé, l'horreur et le dégoût me soulèvent encore après tant d'années...

Pour faire cet affreux chef-d'œuvre, il fallait

le talent et les sentiments jacobins de David.
On ne peut s'y méprendre; il s'est proposé d'attirer la pitié sur celui qu'on appella le *père du peuple*, et dont le cadavre connut les gémonies de l'égoût après avoir goûté la gloire du Panthéon.

Marat assassiné, monta à quatre mille cinq cents francs, et l'honneur de David fut sauf.

VIII

Louis de France, dauphin de Viennois. — Vanloo. — Valério Castelli.

————————

I

Je n'ai pas fini avec les portraits, et l'on me pardonnera de m'y étendre.

Le portrait n'est-il pas le genre en faveur, la peinture à la mode ?

On cherche à imiter — et certes on ne saurait mieux faire — les procédés, les poses, les expressions, et autant que possible les costumes des xviie et xviiie siècles.

C'est alors qu'on savait *trousser* un portrait !

Rigaud, Largillière, Latour, avec ces accessoires si bien arrangés, si bien choisis, si pleins

dè goût, répondent à ce qu'il y a de plus parfait en ce genre.

Je n'aurai garde d'oublier un autre artiste
qui a fait des portraits également réussis, Carle
Vanloo.

Quel style, quelle couleur et comme la´ vue
du petit personnage que j'ai sous les yeux vous
reporte dans cette atmosphère du vieux Versailles, dans ce monde du milieu du XVIIIe
siècle !

Pendez-vous, portraitistes modernes ! vos accessoires manquent de cette originalité ; vous
n'avez pas le champ si vaste dans le choix des
costumes ; vous n'êtes pas d'une époque d'aristocratie ; vos modèles n'habitent pas Marly au
Trianon et ne sont pas dauphins !

Cette toile pantelait sur son chassis. Les terrains, les accessoires avaient souffert ; la peinture s'était écaillée, le visage avait été insulté.
Peut-être dans un jour de démolition un plâ-
tras avait-il accroché et meurtri la toile — cette
hypothèse est préférable à celle d'un sévice
volontaire, exercé contre l'image d'un enfant ;
car ce petit être souriant, gracieux et heureux,
c'est un bambin de huit à dix ans !

Mais quel coloris, quelles teintes fondues,
quel ragoût pour les yeux, que ce petit tableau

qui provient d'une résidence royale ou du château d'un grand seigneur attaché à la personne
du prince !

Le portrait est en pied. L'enfant est dans un
parc dont les futaies et les grandes allées se
perdent au loin ; il est vêtu d'un costume de
fantaisie, riche et étrange : longue pelisse à la
polonaise, de satin bleu de ciel, larges retrous-
sis de satin rose sur le devant de la poitrine,
manches *en bottes* également et largement re-
troussées de satin rose. Sous la pelisse, on voit
une tunique de satin rose tombant droite jusqu'à mi-jambe, garnie de brandebourgs de même
couleur et finissant à un pantalon de gaze, bouffant et lié sur la cheville. Les pieds sont chaus-
sés de brodequins de maroquin jaune. Ce costume est complété par une toque également en
satin rose retroussée de soie bleue et garnie de
plume blanche, autour de laquelle flotte un
élégant et souple marabout.

La figure de l'enfant est extrêmement douce.
La gaieté brille dans ses yeux ; ses lèvres s'en-
trouvrent en un sourire qui laisse voir une rangée de dents, petites perles au brillant émail.

Il s'appuie au socle d'un vase très-riche, le
long duquel s'enroulent des amours et des divinités champêtres. La main droite, peinte avec

7

des tons incomparables, pose sur le satin bleu
de la robe. La gauche décrit un geste qui, d'accord avec le regard engageant du modèle,
invite le spectateur à entrer dans ce beau parc.
Les deux mains sont également soignées, aussi
bien la droite qui montre le revers, que la gauche qui présente le dedans.

Vous reconnaissez ce costume dans ses couleurs et dans sa forme : il n'y manque que le
cimeterre. Sauf l'étoffe, c'est le costume polo-
nais national.

En présence de cette exactitude intention-
nelle, il n'est pas téméraire de conclure que
nous avons devant les yeux le petit-fils de Sta-
nislas Leczinski, Louis de France, dauphin de
Viennois.

Comme son trisaïeul, le grand dauphin, Louis
de France fut fils et père de rois, et jamais roi,
puisqu'il eut pour auteur de ses jours Louis XV,
pour fils Louis XVI, Lous XVIII et Charles X.
Et ce fut grand dommage, car il possédait toutes les qualités nécessaires à ceux qui sont appelés à gouverner les peuples. Comme son aïeul
le duc de Bourgogne, il mourut jeune.

Dans cette maison royale de France, ce sont
toujours les princes qui donnent le plus d'espérances, qui s'en vont les premiers!

Louis, dauphin de France, eut pour fille madame Elisabeth, qui mourut sur l'échafaud,
ainsi que Louis XVI.

Ah! mon prince et votre joli sourire aux dents
de perles...? De vos trois fils l'un fut guillotiné,
l'autre finit ses jours en exil. Tous connurent
l'adversité et la France la connut avec eux.
Leur bonheur finit avec le nôtre.

Monseigneur, ne vaut-il pas mieux pour
vous n'avoir pas vieilli?

Si vous aviez vécu, si vous aviez régné, auriez-
vous pu éloigner les malheurs et les crimes
qui assombrissent tant de pages de notre histoire?

Instruit par l'expérience, averti par l'exemple
de votre aïeul de ce qu'il faut éviter, auriez-vous
été plus heureux que le successeur de Louis XV?

Ah! nous nous refusons à croire qu'on puisse
être malheureux comme Louis XVI!

Vous faisiez comme lui peu de cas des ency-
clopédistes; vous aimiez les lettres et la chevalerie.

Peut-être arrivé au trône dans l'âge mûr,
auriez-vous mieux su résister au torrent, peut-
être auriez-vous pu endiguer le flot, ou, nou-
vel Œdipe, donner le mot de l'énigme au Sphinx
révolutionnaire...

On entend dire fréquemment : « Si tel per-
« sonnage eut vécu, tel malheur ne serait pas
« arrivé ».

Ce n'est pas une parole vaine. Napoléon
n'a-t-il pas dompté la République, et ne peut-on
pas dire : « Sans Napoléon, la République
« aurait continué de vivre, et nous aurait
« étouffés dans la boue ? »

Si vous aviez succédé à votre père, Monseigneur, si, pour emprunter au roi-martyr l'expression d'une justesse navrante dans sa bouche,
vous aviez eu *le malheur de devenir roi*, auriez-
vous pu changer le cours des événements ?

Hélas ! Louis XV qui avait quelquefois des
craintes et peut-être des remords, s'arrêtait
pour réfléchir... un bon propos allait-il sortir de
cette réflexion ?

Non ; il se rassurait bientôt et disait : « Cela
durera bien autant que moi. »

Prophétique parole. Cela a duré autant que
Louis XV, mais guère plus.

Les quelques années qui séparent son règne
de la Révolution, sont des années de prépa-
ration.

Le répit donné est le temps nécessaire pour
mettre les faits d'accord avec les idées.

« Cela durera bien autant que moi ! » La

monarchie était condamnée, et elle acceptait la condamnation !

Ah! mon prince, vous avez échappé à un grand malheur, celui de vivre longtemps. Cela n'eut peut-être pas duré autant que vous. Vous êtes parti quand il fallait; parti au spectacle des grandeurs de l'ancienne monarchie, encore brillantes à leur déclin.

Et puis vous avez vu une belle journée : Fontenoy! vous n'aviez pas dix-huit ans, et vous y avez fait votre devoir à l'exemple et aux côtés du Roi ; car nos rois ont été au moins braves.

Il était réservé à la République, de mettre à notre tête des hommes ménagers de leurs personnes, en attendant qu'elle y plaçât des lâches avérés.

Cette honte nous la devrons à la République ou à certain empire dont on nous menace sous le sceptre d'un César déclassé...

II

L'école italienne, quoiqu'on puisse penser de bien de l'école française, est auprès de celle-ci, ce que sont nos monuments modernes, comparés aux monuments de l'ancienne Rome, ce qu'est Rossini à Auber.

Dans le même magasin où j'avais rencontré le portrait de Louis de France, j'aperçus trois petits chassis oblongs, en fort mauvais état. Les toiles mangées flottaient et n'étaient plus tendues ; la peinture des bords était tombée. Et il en devait être ainsi, les trois articles, pour qu'on ne s'y trompât pas, étant liés ensemble par une ficelle solidement recroisée sur elle-même !

Cet expédient imaginé par Brugayrol, était bien la corde soutenant le pendu.

Il devait amener la ruine de ces tableaux. La toile du milieu par exemple, usée par le frottement, ne pouvait manquer, à chaque mouvement, à chaque transport, de perdre un peu de sa peinture qui s'égrenait.

Ces chassis oblongs avaient été faits pour

quelques trumeaux ou entre-fenêtres, et représentaient les *Saisons*.

Une de ces saisons, et non sans doute la moins jolie, manquait. C'était le *Printemps*.

Les autres étaient représentées, l'*Hiver* par un enfant qui, auprès d'un arbre dépouillé et chargé de givre, s'amusait à faire des boules de neige, exercice peu réchauffant quand on est privé de tout costume.

Un enfant endormi dans une grotte, figurait l'*Été*. On sue en regardant ce tableau, comme on frissonnait tout à l'heure. Nous sommes à l'heure de midi. Sauf cette grotte pleine d'ombre, où dort dans une pose gracieuse le petit génie, le soleil brûle la campagne qui prolonge ses lointains lumineux chauffés à blanc.

L'*Automne* est la plus belle des trois saisons; c'est celle qui a le plus de style. Le petit génie qui la personnifie, est ailé; — est-ce pour signifier que l'automne s'écoule trop vite? — il se tient d'une main à un arbre, — un oranger je crois — et il empile sur un tertre les fruits qu'il vient de cueillir là et ailleurs : grenades, cédrats, pêches, raisins.

— Combien demandez-vous de cela? dis-je d'un ton d'indifférence.

L'auvergnat sans regarder l'objet, sans même

me regarder, énonça un chiffre. Je lui mis dans
la main ma pièce de monnaie, et je m'en allai,
heureux de l'acquisition que je venais de faire,
mais un peu honteux cette fois de l'état de dé-
labrement de ce que j'emportais : les toiles d'a-
raignée chargées d'une poussière noire, pendaient à ma nouvelle emplète, et l'enveloppaient
comme d'un suaire ; elle répandait avec véhé-
mence l'odeur qu'elle avait contractée d'une
longue cohabitation avec les rats...

Où vous avait-on relégués pauvres petits
génies, et depuis combien de temps?

Quand je les eus fait rentoiler et, après qu'ils
eurent été restaurés par Auguin; car j'avais
trouvé, je ne dirai pas formé, un excellent restaurateur de tableaux, je fis voir ceux-ci à des
connaisseurs parmi lesquels était un expert près
les Musées royaux, et on fut unanime à dési-
gner pour auteur de mes *Saisons*, Valério
Castelli, peintre génois de beaucoup de talent,
et qui vivait vers le milieu du xviie siècle.

Ces petites toiles ont beaucoup de style. C'est
de la belle et bonne peinture; et quoiqu'elles
n'aient pas à présent la même valeur qu'une
peinture de l'école française, — les bons portraits de cette école sont hors de prix — je les
considère comme une de mes meilleures trouvailles.

La notoriété limitée de leur auteur n'ôte rien à leur mérite. Tels artistes sont au-dessous de leur réputation; tels autres ne sont pas appréciés à leur valeur.

Valério Castelli est de ces derniers.

IX

Le Musée de Versailles. — Portraits Historiques. — Voyage
en Désobligeante.

I

Pauvre Versailles! La Royauté t'avait fait
grand, t'avait fait beau et glorieux. La Révolution t'a pris de ses mains pour te souiller de
boue et de sang. Continuant son œuvre néfaste,
elle a appelé dans tes murailles le vainqueur
étranger qui s'y est couronné empereur, et après
nos désastres, elle y a installé le bavardage
oiseux et inutile.....

Ce malheureux Parlement nous gâtait Versailles. On était las de voir siéger dans cette
incomparable salle de spectacle ou errer au mi-

lieu de ces chefs-d'œuvre qui rappellent de beaux esprits, des hommes d'Etat ou des héros, tant d'hommes petits, laids et méchants.

Après avoir logé une assemblée unique, animée de bonnes intentions, Versailles abritait un Parlement délibérément mauvais, rebelle aux enseignements de notre grandeur passée, qui parlent si éloquemment en ce lieu.

Versailles est maintenant, grâce à Dieu, débarrassé de cette compagnie. Ils sont partis.

Qu'on nous rende cette salle de spectacle telle qu'elle était avant leur venue; qu'on enlève ces banquettes où se sont assis des législateurs mauvais ou impuissants; qu'on jette bas cette tribune où se sont dites tant de paroles mensongères; qu'on lave et qu'on purifie ces murs dans l'enceinte desquels la République a été votée par une assemblée qui ne la voulait pas!

Ironie et pitié! quelles comédies sans agrément et sans littérature se sont jouées ici!

Et vous qui siégiez hier sur ces bancs, allez où la Providence vous mène! Le Palais-Bourbon n'a jamais tenu ses portes fermées devant l'émeute menaçante : vous en ferez vous-même l'expérience. Les émeutiers d'hier vont se trouver face à face avec les émeutiers de demain. Que les destinées de la République s'accomplissent!

Versailles était redevenu ce qu'il était — *un vaste bazar du bric-à-brac*, — comme l'ont appelé des écrivains de mauvaise humeur ou en quête d'originalité? Soit. Cette définition n'a rien à nos yeux de désobligeant. Acceptons-là. Versailles est un Musée.

Comme le soleil était brillant, comme l'air était tiède et parfumé, le jour de son inauguration! Printemps de l'année, printemps de la vie!

Louis-Philippe faisait les honneurs de sa création à de nombreux invités : il avait convoqué par lettre tout ce qui jouissait en France de quelque notoriété.

Les galeries, fermées depuis plusieurs années pour les travaux et les préparatifs, allaient voir cesser leur interdit, finir leur solitude.

A dix heures les portes s'ouvrent, découvrant aux regards leur immense série de tableaux, de portraits, de statues : notre histoire racontée par les arts. Ici l'histoire des grands officiers de la Couronne, non plus seulement écrite par les bénédictins, mais personnifiée par des portraits: tous les grands amiraux de France, depuis frère Pierre jusqu'à M⁹ʳ le duc d'Angoulême, en passant par Amaury de Narbonne, par les Vendôme et par le comte de Toulouse: tous les chanceliers de France, Jean de la Vaquerie, Molé,

Dambray et les autres ; tous les connétables, Duguesclin, Lesdiguières et sept Montmorency !

Là le siècle de Louis XIV narré tout au long dans les salles même où il se vécut, avec ses hommes de génie, ses littérateurs, ses guerriers ; avec Condé, Bossuet, Corneille et Racine, sous les lambris décorés par cet homme immense qui s'appelle Charles le Brun.

Ailleurs c'était notre passé militaire depuis l'origine, allant de Tolbiac à Alger, notant au passage Bouvines, Taillebourg, Marignan ; batailles gagnées, villes prises d'assaut, fleuves passés à la nage sous le feu de l'ennemi : quel spectacle !

Un banquet dans lequel fut déployé un luxe du meilleur goût, attendait les invités. Il avait lieu dans ce local merveilleux, la galerie des glaces. Il y eut ensuite une promenade aux flambeaux, qui permit de revoir, à la lueur de mille bougies, tout ce qu'on avait admiré à la clarté du soleil. A huit heures, chaque convive avait pris place dans la salle de spectacle, — la salle que vous savez — et la représentation du *Misanthrope* commençait. Le spectacle terminé, la toile du fond se leva ; l'ancienne façade du château de Versailles apparut dans le lointain, et, sur le piédestal de la statue équestre du grand

Roi, on lut : « A la gloire de Louis XIV » !

Ah ! si Louis-Philippe avait toujours été aussi bien inspiré !

Revenir tous les jours d'ouverture pendant deux ans, ce n'était pas trop. Il y avait là, pour un esprit avide de connaître, une inépuisable mine d'études curieuses et attrayantes.

Des critiques s'attaquèrent à la création nouvelle.

On trouva que la partie historique de la Révolution et de l'Empire avait reçu trop de développements.

La seule partie de l'histoire de la République qui puisse être rappelée sans soulever l'indignation ou la honte, c'est la partie militaire, et l'on avait prodigué les tableaux représentant des scènes de la Convention.

L'Empire, lui aussi, tenait trop de place; l'Empire absorbait trop.

L'état-major de l'armée, l'entourage militaire de Louis-Philippe étaient composés d'hommes qui avaient fait leur carrière dans les armées impériales. Il y avait alors en France beaucoup de bonapartistes. On leur faisait la partie belle. Ne leur donnait-il pas beau jeu, le gouvernement qui expédiait à Sainte-Hélène un des fils du roi pour rapporter et placer aux Invalides les cendres de l'Empereur?

En flattant les bonapartistes, en leur accordant beaucoup, on croyait par un accord tacite de les rendre inoffensifs.

Il y a une espèce d'hommes qui n'ont jamais été bonapartistes ; mais il n'y a qu'eux. Ceux-là regardent plus haut et plus loin que la gloire et le succès. Ils ne voient dans le premier des Bonaparte qu'un homme de génie qui, par la prison de Pie VII s'est rangé parmi les adversaires de l'Eglise, et par le meurtre du duc d'Enghien, parmi les régicides.

Quelques esprits portés à la raillerie, comptèrent le nombre de tableaux où Louis-Philippe, qui n'a jamais passé pour un foudre de guerre, est représenté entraînant derrière lui des masses de volontaires enthousiastes, et décidant le gain de deux journées fameuses. On se rappela à cette occasion, une caricature de Grandville, où l'on voyait un perroquet ressemblant à Louis-Philippe, placé sur son perchoir et répétant sans cesse : Valmy ! Jemmapes ! Jemmapes ! Valmy ! Il y avait toute une page de ces deux mots.

Louis-Philippe jeune, lorsque sa joue se couvrait à peine d'un léger duvet, était un assez joli garçon, mais son teint était de cette couleur poussée au sang, qui était le teint de son père, et qui, je ne sais pourquoi, fait penser à

la guillotine. Et puis les peintres plaçaient toujours près de lui cet homme facile à reconnaître,
le patriarche de l'orléanisme, Dumouriez !

A côté de choses médiocres ou insignifiantes,
il s'en trouvait de remarquables, c'étaient les
documents originaux.

L'Empire avait écrit lui-même son histoire
dans des pages magnifiques signées de David,
de Gros, de Girodet, de Carle Vernet.

La Restauration revivait dans les toiles qui
racontaient la guerre d'Espagne, l'expédition de
Morée, la conquête d'Alger. La monarchie de
Juillet ne s'était pas oubliée naturellement, et
des œuvres nombreuses d'Horace Vernet, de
Johannot, de Gudin retraçaient le siége d'An-
vers ou disaient la gloire de cette florissante
famille de jeunes guerriers qui s'appelaient
d'Aumale, Joinville, Orléans, et qui se sont fait
connaître en Afrique, à Mogador.

La liste civile n'avait eu, pour ces trois époques, qu'à se pourvoir chez elle ou à puiser
dans les dépôts publics.

La grande salle où se lisent les noms les
plus beaux de notre histoire, avec les blasons de
nos héros et les dates de leur vie, dans ce grand
drame en quatre actes qui s'appelle les Croi-
sades et qui se développe pendant trois siècles;

la galerie des tombeaux avec ses statues taillées
par Germain Pilon, par les Anguiers, par Pierre
Puget, rappelant des secrétaires d'Etat qui
avaient fait la France grande et respectée, d'illustres généraux, de pieuses princesses, méri-
tent une admiration sans réserves.

La galerie des batailles renferme de très-
belles pages.

Il faut que ce soit bien difficile à faire, un
tableau de bataille.

On se reproche de n'être que médiocrement
ému devant les toiles gigantesques où deux ou
trois personnages cyclopéens s'abordent avec
une masse d'armes. Ici le mouvement, les attaches des membres, la manière dont le coup
va être porté, ont trop absorbé l'attention du
peintre, pour lui permettre de soigner le côté
historique qui est cependant le principal. Ces
chevaux, au moins aussi grands que nature et
peints tout entiers les quatre fers en l'air, n'a-
joutent pas non plus un intérêt très-puissant au
drame. C'est là pourtant la formule d'un tableau
de bataille.

Cela s'appellera Tolbiac, Bouvines ou Taillebourg, selon la structure des cuirasses, la
forme du heaume et le système de l'armement.

Que voulez-vous y faire?

En admirant le mérite de plusieurs de ces peintures, l'homme qui veut apprendre passe, et gagne en se hâtant les galeries moins grandioses du second étage.

Qu'il y faisait bon! Les fleurs des parterres envoyaient leurs odorantes effluves par les fenêtres grandes ouvertes. Là, tout parlait un beau langage et invitait à s'isoler du temps présent pour aller vivre dans des siècles de grandeur, de poésie et de nobles aventures.

Dans ces figures à barbe, je croyais parfois retrouver d'anciennes connaissances du quai aux fleurs : grands maîtres des arbalétriers, généraux des galères, colonels généraux de la cavalerie légère, grands queux de France... Mais quoi! Faut-il avoir des préjugés sur la provenance des acquisitions? L'important, c'est qu'elles soient bonnes. Et puis ces vieux bibelots en cuivre, en bois ou en émail, font partie d'une collection, d'un tout, et tirent de là leur principale valeur.

Que de choses disent sur leur époque et sur leurs personnes le Borgne de Harambure, François de Lorraine le Balafré, Crillon, Coligny, Harlay, Cheverny, Sully, Brantôme, du Plessis-Mornay! — j'en passe et des meilleurs — et Marie Stuart, Marguerite de Navarre, Gabrielle

d'Estrées, Marie Mignot, la comtesse de Châ-
teaubriant et Joyeuse, Quélus, Saint-Mégrin :
que ne racontent pas ces morts si divers!

J'aimais à voir quelle figure avait le grand
roi à l'époque où il atteignit sa majorité, quand
il entra dans la grand'chambre du Parlement,
un fouet de chasse à la main. Je le cherchais et
le retrouvais à toutes les dates mémorables de
sa vie, à l'île des Faisans, au jour de son
mariage, à celui du passage du Rhin, à l'heure
où il reçut à Versailles le doge de Gênes, venu
pour lui faire des excuses.

Je pouvais suivre également dans bien des
circonstances diverses, Louis XVI de sainte et
douloureuse mémoire.

Louis XVI jeune, avait une figure douce,
candide et prévenante, une jolie taille, pas trop
d'embonpoint, des yeux clairs, et toujours ce
type bourbonien d'un si beau profil.

Je revoyais aussi la Reine, peinte par Mme
Lebrun, — un petit chef-d'œuvre — environnée
de ses enfants qu'elle enlace de ses bras, — pauvre mère, pauvres enfants! — Et puis des portraits de ce bel adolescent dont on ne peut
parler sans un serrement de cœur, et qui s'appela
Louis XVII, et de sa sœur Madame Royale,
peinte peu de temps après sa sortie du Temple;

et puis *Monsieur* et son frère le comte d'Artois,
jeunes tous deux; — jamais deux frères ne
furent plus dissemblables d'humeur et de visage
— et puis le marquis de La Fayette, à l'époque
de la guerre d'Amérique, beau gentilhomme
portant avec désinvolture le costume de l'infan-
terie française, niais généreux dont la vanité
a fait plus de mal à la France que son épée
n'en a jamais fait aux Anglais.

D'autres que moi s'arrêtaient devant les portraits de Camille Desmoulins, de Mme Roland,
ou regardaient cette face couturée et camarde
de Mirabeau, de cet homme, un des types les
plus repoussants de la triste humanité, qui ne
fit servir son étonnante éloquence qu'à la mal-
œuvre de la Révolution.

Les simples suspendaient leur marche devant
les comparses Vergniaud, Barbaroux, Boyer-
Fonfrède.

On avait alors la toquade des Girondins. Nous
en guérissons à la vue du mal que nous font
les successeurs de ces insensés dont le savoir
consiste bien moins à adoucir les fauves de la
Révolution, qu'à nous livrer pieds et poings liés
à leurs griffes.

Les exaltés enfin envisageaient furtivement
Danton et Saint-Just, le lion et la hyène, — je

dis furtivement : on n'en était pas encore à donner la louange publique à de pareils hommes ; on évitait d'entrer dans le détail à leur sujet.

Pour moi, c'est devant de plus douces images que je m'arrêtais ; devant les victimes, devant des martyrs qui n'ont jamais versé d'autre sang que le leur.

J'entrais à la Conciergerie avec la reine ; je restais au Temple avec le dauphin Louis XVII et Madame Royale, après le départ du Roi pour l'échafaud ; je me demandais comment il s'était trouvé un monstre capable de couper et de porter au bout d'une pique une tête charmante comme celle de Madame la princesse de Lamballe ; et après avoir passé là ma journée, recueilli force impressions vraies et bonnes, je revenais à Paris l'esprit et le cœur pleins.

II

Le Versailles antérieur à l'établissement des galeries historiques, avait son attrait.

A certains jours de l'année, — Dimanches pleins de soleil, — une foule joyeuse venait voir jouer les grandes eaux. On dînait sur l'herbe et, le soir, des bals organisés en dehors des grilles, réunissaient sous la feuillée les élégants et les élégantes de la quincaillerie et de la nouveauté.

D'autres visiteurs, au contraire, choisissant des jours de solitude, venaient interroger le passé, évoquer des souvenirs.

Que de mélancolie dans ces grandes avenues où passaient de rares promeneurs! Que d'impressions profondes dans ces salles retentissantes, aux dorures ternies, dans cette chambre où Louis XIV a dormi, où il a rendu son dernier soupir entendu de toute la terre!

Et ces dieux, ces déesses de marbre, égarés dans les charmilles où ils cachent leurs nudités grelottantes; et cet escalier de l'orangerie aux proportions babyloniennes, que frôlèrent tant de fois les robes aux longues traînes de Marie-Thérèse, de la duchesse de Bourgogne, de madame de Maintenon!

En parcourant les somptueuses solitudes des appartements, on s'arrêtait à une place où les lames du parquet sont marbrées d'une teinte noirâtre : c'est là que Varicourt et ses compagnons, dans la journée du 6 octobre, moururent pour sauver la reine. Ils furent massacrés devant la porte de la chambre de Sa Majesté.

Le parquet a gardé la trace de leur sang.

Si vous portiez vos pas du côté de Trianon, vous retrouviez au bord d'une allée du parc, le grand vase de marbre blanc, près duquel Mirabeau eut une entrevue avec Marie-Antoinette qui cherchait à apprivoiser le tribun — chose facile puisque l'on consentait à payer ses dettes, — marché de dupe puisque le tribun débordé n'avait plus à vendre que lui-même et qu'il n'était au pouvoir ni de lui ni de personne, d'arrêter la marche irrésistible de la Révolution.

A la recherche de souvenirs plus particuliers encore, un visiteur discret s'arrêtait avant d'arriver à Versailles par le Cours la Reine, frappait à une porte rustique et, favorisé par les intelligences du dedans, était admis dans le petit enclos qu'avait exploité une royale fermière ; et il lui était quelquefois permis d'en rapporter un bouquet des fleurs qu'elle avait plantées.. . . . . .

. . . .

. . . .

Mais ce pèlerinage n'offrait pas les facilités qu'on y trouve à présent.

Malgré la prophétie de M. Thiers, la locomotive mue par la vapeur était déjà autre chose qu'un joujou impropre à toute application utile; un chemin de fer existait de Paris au Pecq; mais c'était le seul. On montait en wagon pour la curiosité de se sentir rouler sans chevaux.

Versailles était desservi par des voitures, et quelles voitures! Leur nom, emprunté à un vilain oiseau et à quelque autre chose encore, ne se prononce pas. Ces voitures stationnaient au Carrousel ou rue Saint-Nicaise, et surtout place Louis XV, au débouché du pont conduisant à la Chambre des Députés.

C'étaient de larges véhicules ayant la forme d'une citrouille, et montés sur des roues immenses, la caisse peinte de couleurs tendres et semée de guirlandes de roses, de papillons etc., tout ce qu'on peut imaginer de plus singulier.

Le cocher, quelque vieux troupier qui n'avait pu obtenir ses Invalides, la tête enveloppée d'un mouchoir à carreaux sous son chapeau graisseux, criait aux passants :

— Sèvres! Meudon! Saint-Cloud! Versailles! allons mesdames et messieurs on va partir!

Et à cette annonce d'un départ instantané, le provincial, le naïf accourait et saisissait par quelque côté le coche qui menaçait de s'en aller sans lui. Il se hissait avec effort, et s'installait tant bien que mal dans l'intérieur,

non sans regarder d'un œil préoccupé la mai-
greur étique du quadrupède osseux chargé de
traîner cette arche de Noé.

On était au complet et plus qu'au complet,
les coudés dans la poitrine du voisin; des formes humaines disparaissaient derrière d'autres
formes émergeant à leur tour du fond de la
voiture.

Il y avait déjà des chapeaux bosselés, des
bonnets de tulle qui pleuraient leurs rubans
et leurs fleurs.

Le cocher se promenait gravement de long
en large, et criait toujours :

— Sèvres! Meudon! Point-du-Jour! Saint-
Cloud! Versailles! allons messieurs et dames
on va partir, on part!

Puis on le voyait chuchotter avec des incon-
nus, gens qui ne devaient pas monter au départ
à cause de l'amende à laquelle il se serait exposé
en prenant des voyageurs en surnombre, et qui
allaient attendre sur la route...

De la voiture, pleine depuis une heure, sortaient des réclamations, des cris, des apostro-
phes que le cocher couvrait de son boniment :

— Sèvres! Meudon! Saint-Cloud! Versailles! on va partir!

Il se décidait enfin à monter sur le siége. La
voiture faisait entendre un soupir.

— Ah! disait la voiture, nous allons au moins étouffer pour quelque chose!

On partait; mais, au pont de Neuilly, à Courbevoie, on commençait à apercevoir, échelonnées le long de la route, les figures de tout à l'heure. Le cocher leur tenait parole; elles tenaient parole au cocher : il arrêtait et elles montaient.

Des places! Il n'y en avait pas. Cependant on grimpait, on escaladait, donnant et recevant des coups de coude, comprimant des thorax, meurtrissant des orteils. — *Le lapin*, comme on appelait ce voyageur surnuméraire, était un être féroce ne respectant ni l'âge ni le sexe, ni l'enfance, ni les cheveux blancs. — Les assaillants semblaient vouloir se substituer par écrasement aux voyageurs déjà installés : on eut dit qu'ils cherchaient à entrer dans leur peau. Il y en avait bientôt sur les marchepieds, sur la coupole tout orientale de la voiture; on en voyait se suspendre aux bretelles de derrière; il s'en glissait sur le siége du cocher, sur les genoux du cocher, et sous chacun de ses bras.

Les gens casés ou plutôt les victimes englouties sous cette avalanche humaine, poussaient des cris déchirants!

Un jour nous étions vingt-deux. En voyant

arriver le vingt-troisième, je descendis, non sans laisser à la bataille une bottine et les deux pans de ma redingote...

On suait, on étouffait; mais comme le français, ainsi que se plaît à le reconnaître M. le prince de Metternich l'ancien, est le moins rancunier de tous les peuples, victimes et bourreaux se regardaient bientôt sans colère; les loustics prenaient le dé de la conversation, le trait partait, amenant la réplique; on riait et on arrivait..... presque toujours.

Mais allez donc compter sur un pareil moyen de locomotion pour être rendu de bonne heure afin d'avoir une longue journée à vous!

Au retour c'était bien autre chose! on avait dîné en arrosant de vin de Suresne une gibelotte plus ou moins féline, et on ne doutait plus de rien.

Au tourne-bride du pont de Sèvres, l'historique père Chanut dit *Sacavin*, attendait derrière l'étain luisant de son comptoir; et c'est une tradition, c'est presque un dogme qu'il ne faut jamais passer l'eau sans s'arroser le gosier d'un liquide plus généreux. On s'arrêtait à peu de distance en vertu d'un autre axiôme. Le nez du cocher prenait une teinte de plus en plus vive; il devenait semblable à un charbon ardent.

Les voyageurs perdaient patience ; ils étaient exaspérés !

L'automédon n'en avait cure.

— Allons la petite mère, disait-il à une exubérante blanchisseuse du quai Saint-Bernard, qui criait plus fort que les autres, nous fâchons pas ! nous fâchons pas ! nous voilà au Point-du-Jour, dans une petite heure nous serons à Paris ; nous donnerons à diner à papa et à téter à bébé !

Et il ricanait dans le col de son vieux carrick.

— Vous n'êtes pas content ? reprenait-il, redevenu sérieux et apostrophant un monsieur d'apparence respectable. Faudrait-y pas, pour vos douze sous vous mener en poste..... comme mossieu le duc de Clermont-Tonnerre ! Hue ! la girafe !

Et un coup de fouet s'abattait sur l'échine saillante et écorchée de son cheval. Soulevée par le brancard de la voiture dont la charge était toute en arrière, appuyée sur sa sangle comme l'est sur sa bretelle l'enfant auquel on apprend à marcher, la pauvre bête allait sans presque toucher la terre, trottinant tantôt à droite, tantôt à gauche, selon les accidents de la route, et le jeu trop lâche des moyeux usés...

Mais déjà les étoiles brillent au ciel. Un splendide clair de lune tire des étincelles de la coupole d'or des Invalides; voilà les hauteurs de Passy, j'aperçois l'arc de triomphe et la double ligne de lumières qui marque l'avenue des Champs Elysées. Nous sommes arrivés.

— Merci mon Dieu !

X

La peinture allégorique. — La peinture décorative. — Simon Vouët.

I

Le marchand de couleurs le plus connu de tout Paris, était celui qui demeurait rue de l'Arbre Sec, presque au coin de la rue Chilpéric, à l'ombre de Saint-Germain-l'Auxerrois.

Il avait pour clients des *rapins* aussi bien que des membres de l'Institut, professeurs à l'école des Beaux-Arts. Beaucoup d'amateurs lui envoyaient leurs trouvailles à rentoiler. Habile chirurgien, il excellait à panser et à fermer les blessures d'un tableau.

Mon Dauphin passa chez lui quelque temps, et en sortit prêt à être restauré pour aller en

congé de convalescence dans un atelier célèbre,
où de nombreux amateurs le virent et eurent
des éloges pour la finesse de ses tons et pour
la remarquable habileté du peintre.

Le maître de céans était plus froid. Les peintres de renom ont accoutumé de paraître ne
s'étonner de rien. Ils ont pris pour devise le *Nil
admirari* du philosophe : C'est chose enten-
due, les artistes morts, surtout ceux dont on
cherche les procédés, dont on étudie la manière,
« ne manquaient pas d'un certain talent ; mais
« comme ils sont surfaits ! on travaille aujour-
« d'hui beaucoup mieux. Nous avons ce qu'ils
« avaient, augmenté d'une méthode meilleure,
« et de procédés matériels perfectionnés. »

Voilà le thème ; c'est simplement une question de subsistance ; les vivants veulent écarter
la concurrence des défunts. Ils vous conteront
une histoire :

« Il était une fois un peintre de talent qui
« travaillait beaucoup, et suait sang et eau sans
« parvenir à vivre honorablement. Tout le
« monde allait voir ses tableaux, les louait, en
« voulait, en prenait, mais sans consentir à les
« payer leur prix. L'artiste courbait la tête, il
« subissait la loi. Comment faire autrement ?
« Il faut vivre.

« Cependant, comme il est permis de cher-
« cher à se défendre, l'artiste imagine un
« stratagème. Il meurt. Un journal annonce la
« catastrophe : Un affreux accident vient d'ôter
« la vie au peintre Gagnepeu. C'est une perte
« qui sera vivement sentie. Gagnepeu meurt dans
« tout l'éclat de la jeunesse, dans toute la force
« du talent, laissant inachevées une quantité
« d'œuvres qui allaient augmenter sa renommée
« et le placer au premier rang des peintres
» modernes... »

« Aussitôt la foule se porte à son logis. Ce
« qu'on avait refusé à l'artiste vivant, on le
« prodigue à l'artiste mort. Ce sont des cris, ce
« sont des larmes, ce sont des panégyriques
« sans fin.

« — Ce pauvre Gagnepeu, comme on l'a
« méconnu ! C'est le dégoût qui l'a tué ; c'est
« le découragement qui est venu à bout de
« cette puissante nature ! Et nous-mêmes som-
« mes-nous sans reproche à son égard ? Vite !
« avant que le bruit de sa mort se répande
« davantage, achetons de ses tableaux qui vont
« acquérir une plus-value considérable !

« On se dispute ce qu'il y a dans l'atelier ;
« tout, jusqu'aux ébauches, se paie au poids
« de l'or. La vente après décès fixe la valeur

9

« vénale des œuvres du peintre, et l'abondante
« moisson que recueille en ressuscitant Gagne-
« peu devenu Gagnegros, le met à même de
« faire ses prix désormais, et d'attendre de
« pied ferme la capitulation du marchand ou
« de l'amateur. »

C'est très-bien, et l'on comprend qu'un peintre de talent s'élève contre cette singulière et
pourtant très-certaine tendance du public à ne
vanter que les morts et à diminuer la renommée des vivants.

Il y a là spéculation mauvaise, usuraire, déni
de justice. Mais, cela concédé, n'opposons pas
un calcul d'argent à un calcul d'argent ; à ceux
qui nient le talent des vivants pour n'avoir pas
à le payer, n'opposons pas la négation du
talent des morts pour n'avoir pas à leur rendre
justice.

Nous avons une supériorité : c'est la peinture
de genre ; rien n'égale le savoir faire, l'esprit,
la finesse avec lesquels nous traduisons des
scènes mondaines, un épisode d'histoire ou de
roman.

Les morts ont la leur : c'est la grande peinture, la peinture allégorique, le genre décoratif.

Dans un antre de la rue Guisarde, — il faut
bien chercher pour découvrir cette rue aux alen-

tours du marché Saint-Germain, — se cachait il y a quarante ans une œuvre bien vieille.

C'était une toile formant un octogone allongé et représentant une déesse à demi-couchée, nu-bras, court-vêtue et chaussée d'élégants cothurnes. Ce serait Diane si elle avait des flèches et un carquois ; mais elle n'a qu'un croissant dans ses cheveux bruns qui sont relevés sur le front : c'est Uranie. Sa tête repose sur son bras replié. Il y a un beau paysage dans le fond. C'est calme et plein de repos.

Simon Vouët, auteur de ce tableau, n'est pas un peintre fameux ; mais il a le sentiment élevé, l'arrangement et le style. Uranie en est la preuve. Rien de chaste comme cette attitude, de majestueux comme ce visage. Avec ses accessoires, ce tableau orne tout de suite un local. Sans prétendre que la peinture doive être un art purement décoratif, on peut affirmer que la peinture gagne à être décorative.

Ce n'est pas le sentiment moderne, je le sais. Nous avons une autre perception de l'art que nos aïeux. Nous sommes trop spirituels et nous vivons trop vite.

Pour faire de la grande peinture, il faudrait de la foi, du respect et du lyrisme.

Sans parler de le Brun ou de Mignard, n'est-

il pas vrai que le Moyne — remarquez bien —
le Moyne et Jouvenet sont en cela plus forts que
nous; qu'ils savent mieux disposer l'allégorie,
draper leurs personnages et faire tenir un génie
en l'air?

Il a été de mode de tourner l'allégorie en
ridicule. C'était toujours la même chose, disait-
on : le héros dans la gloire, dans les rayons et,
sur les devants, dans la pénombre, l'Envie au
regard louche, la Discorde aux cheveux de ser-
pents, se tordant en d'impuissantes convulsions.
Mais l'exécution récente de travaux considérables, a prouvé que ce n'était pas si facile qu'on
le croit, de faire de la peinture allégorique.
Tout le monde peut peindre un Dieu ou un
poëte, l'environner de quelques femmes person-
nifiant des sciences, des arts ou des vertus.
Mais donner à cela du style, c'est une autre
affaire.

Nous ne savons plus faire des Renommées,
et nous avons raison de nous moquer de le
Brun qui les faisait si bien, de le Brun digne
d'être le peintre d'une époque où la littérature
était représenté par Corneille, par Racine et par
Boileau.

Moquons-nous de le Brun : ne nous sommes-
nous pas moqués de ce *pauvre Racine*?

Ce n'est pas si facile que cela de faire de l'allégorie, puisque, si nous abordons ce genre, nous proclamons que nous avons fait merveille, même alors que nous n'avons qu'à moitié réussi ; et nous nous reposons après cette œuvre immense. Nous en avons bientôt assez, et le public aussi.

Dans les temps passés, il en était autrement.

On aimait l'allégorie comme favorisant les développements de l'art sous toutes ses formes. Des lambris des palais, des voûtes dorées, on la priait de mettre pied à terre ; elle s'apprivoisait jusqu'à descendre aux illustrations de librairie.

Un écrivain venait-il de terminer un ouvrage considérable, on chargeait un artiste connu de faire pour cet ouvrage un frontispice, des têtes de lettres, des attributs et on les gravait en taille douce. Dans le sujet principal se trouvait exposée la matière de l'ouvrage. S'agissait-il de l'art militaire ? on mettait une Renommée traversant l'espace à tire d'ailes, portant des couronnes et embouchant la trompette ; et au loin, au pied d'une chaîne de montagnes, des troupes engagées dans une action, des chocs de cavalerie, de la fumée, des étendards. — Était-ce un livre de science ? Une déesse casquée étudiait un globe terrestre, ou traçait sur un papyrus déroulé des figures de géométrie; au second plan, on voyait un élégant portique servant de promenoir à des savants en dissertation.

Et puis c'était un luxe de typographie, un papier loyal et fort, des caractères splendides. La dédicace : « au Roy » et deux lignes de texte en italiques énormes tenaient presque toute la première page d'un in-quarto.

C'est que la *confection* du livre était alors une grande affaire. Cela coûtait gros et rapportait peu. Le livre était pour tous, pour l'auteur, pour le libraire, pour le graveur, une œuvre sincère, faite lentement et pour durer. Le libraire était un artiste veillant à fabriquer le livre dans les meilleures conditions de solidité et d'élégance; prenant — chose essentielle! — la responsabilité de tout. C'est ainsi que l'entendaient les Mabre-Cramoisy, les Bilain. Le livre ne sortait de leur boutique que fini, relié en veau, avec des fers fleuronnés, de belles marges et des tranches de ce rouge que vous connaissez. Il avait une physionomie honnête et sérieuse, grave et belle : c'était un livre à perruque. Ainsi conditionné, il se tenait bien, et au bout d'un siècle paraissait jeune.

— Sans doute, direz-vous; mais aussi que de cérémonies!

J'en conviens; mais nos pères l'entendaient ainsi.

Que notre siècle, fier des conquêtes de la science, ne dispute pas la palme des arts à ses deux aînés. Quand il aura des hommes à opposer, pour l'architecture aux deux Mansard, pour la sculpture à Pierre Puget, aux Coustou, à Coysevox, pour la peinture à Pierre Mignard et à le Brun, — oui à le Brun si décrié; quand il aura fait un Versailles, un Marly, une colonnade du Louvre, un château de Maisons, peuplé la capitale de types d'architecture comme l'hôtel Soubise, l'Elysée-Bourbon, comme ces hôtels du faubourg Saint-Honoré et du faubourg Saint-Germain dont on essaie aujourd'hui de si pauvres contrefaçons; alors il pourra entrer en comparaison. Jusques-là, qu'il soit modeste et qu'il se renferme dans le rôle que s'est judicieusement choisi son impuissance : restaurer, rapiécer, revernir!

XI

La peinture en camaïeu. — Watteau.

I

On pouvait voir en 1832, chez un brocanteur de la rue Saint-Benoît, *Le Départ de Troupes*, le premier tableau qu'ait peint Watteau
qui avait passé sa vie jusques-là à brosser des
camaïeux et autres articles d'industrie picturale.
Cela était plein d'air et de mouvement. Voilà
des soldats qui vont changer de garnison. Le
tambour bat; il faut quitter les pots, les cartes
et les dés. Un soldat en habit blanc dit adieu à
une pauvre fille qui pleure en portant un enfant
sur ses bras. Les cavaliers ont le pied à l'étrier;
les fantassins, assis par terre, rattachent leurs
longues guêtres noires ou assujettissent sur

leur dos les courroies de leurs havresacs. Les fourgons vont partir et le défilé commence sous le portail ébréché d'une ville fortifiée.

Ce coup d'essai du fils du couvreur de Valenciennes, qui est un coup de maître, lui valut d'emblée sa nomination de pensionnaire du Roi à Rome.

Le tableau était en mauvais état ; il ne payait pas de mine et le marchand, je ne sais pourquoi, car il ne connaissait pas plus que moi l'auteur de l'œuvre, demandait de cette toile plus que je ne croyais devoir en donner. J'étais à mes débuts ; j'avais peu d'expérience. Je sentais plus que je ne savais les choses de l'art ; j'ignorais avoir affaire à un Watteau, et je laissai échapper celui-là. C'est un des regrets de ma vie !

Je me suis dédommagé depuis, mais bien incomplètement, en achetant un Watteau chez un marchand de meubles de la rue de Sèvres, près la Croix-Rouge. Mais c'est une pièce d'intérêt secondaire, provenant de la démolition d'un hôtel du faubourg Saint-Germain, l'hôtel d'Armentières où il faisait dessus de porte — un petit génie piquant une pointe de compas sur un globe terrestre.

Il a chez moi la même destination et ne peut en avoir d'autre. Un camaïeu est un objet de pur ornement dont la place n'est point dans une collection de tableaux.

La mode des camaïeux, qui revint un moment au temps de Boucher, le maître en vogue, très habile à ce genre de travail, était dans sa plus grande faveur en 1708. On mettait partout des camaïeux, aux dessus de porte, aux plafonds, même aux panneaux de boiserie. Watteau y travaillait au Luxembourg sous la direction d'Audran qui avait cette spécialité.

Ce singulier genre de peinture consiste, on le sait, en une imitation de médaillons et de bas-reliefs. C'est de la peinture sans les ressources de cet art, c'est-à-dire sans le mouvement, sans la vie, sans la variété des couleurs.

Mais comme tout profite aux natures bien organisées, le camaïeu fut utile à Watteau comme le lui avaient été les arlequinades de Claude Gillot, et les poncifs religieux qu'il avait faits chez le successeur du pauvre Métayer. Il y apprit à inventer, à innover en matière d'ornement.

Quelles créations gracieuses il fit! quel goût, quel génie propre il y déploya! Audran eut en lui son aide le meilleur. Cette obligation où il était de faire beaucoup et vite, dégourdissait sa main et développait cette puissance de pro-

duction, qui est le principal caractère de son
talent.

Il ne pouvait cependant convenir à cet amant
de la nature, de se borner éternellement à la
reproduction de la pierre sculptée, à la fabrication des trophées et des emblèmes. Dans ce
qu'on est convenu d'appeler *un moment perdu*,
Watteau veut s'essayer à faire un tableau, —
mais un vrai tableau — avec un ciel, avec du
feuillage et des êtres vivants, et il essaie le
Départ de Troupes.

Ce fut une révélation. Watteau y trouva la
preuve de ce que lui disait déjà son sens intime :
tu es peintre !

En voyant ce tableau dont il appréciait le
mérite en maugréant, Audran comprit que la
tête allait tourner à Watteau, et que cet utile
collaborateur lui échapperait.

— Mon ami, dit-il, en vérité c'est très-bien,
vos petits bons hommes sont drôles; mais vous
pouvez employer mieux votre temps.

— Comment? demanda Watteau, qui compre-
nait bien ce que voulait dire son patron. Trou-
vez-vous que j'ai été trop long dans ce travail?
Je n'y ai pas mis dix séances.

— Ce n'est pas le temps que je regrette ;
mais ce n'est pas avec *cela* que vous gagnerez
de l'argent.

— Je veux pourtant essayer, répondit Watteau piqué de ce dédain affecté pour son œuvre première.

— Dans votre intérêt, poursuivit Audran, quittez cette voie. Vous comprenez le genre des attributs; vous avez la manière. Croyez-moi, faites des camaïeux et des culs de lampe!

Mais Watteau en était fatigué. L'offre d'une augmentation de gages ne put le retenir au Luxembourg. Il planta là les camaïeux et Audran leur prophète.

Avant de commencer une nouvelle vie, cette vie d'artiste dont la perspective le remplissait d'espérance et de joie, il voulut se donner vacances.

— Allons voir le pays! dit-il en jetant en l'air son bonnet de laine, en déposant sa palette et ses pinceaux.

Il pensait à Valenciennes, la ville natale, avec ses vieilles maisons aux pignons à degrés, avec ses églises aux carrillons sonores, avec sa ceinture de hauts remparts garnis de canons.

Mais pour voyager il faut de l'argent, et comment s'en procurer?

Son ami Sponde, un ouvrier natif comme lui de Valenciennes, se chargea de ce soin.

Il prend le *Départ de Troupes*, et le colporte chez les marchands de tableaux.

L'un d'eux, le sieur Sirois, demeurant sur le quai neuf près du Palais, à l'enseigne de l'*Ecu de France,* en offre la somme énorme de... soixante livres tournois !

On le prend au mot, on lui adjuge le *Départ de Troupes.*

A l'âge qu'avait alors Watteau, on croit pouvoir aller au bout du monde avec soixante livres tournois. Il se mit en route et resta un grand mois dehors.

Pendant son absence, Sirois avait trouvé à vendre avantageusement le *Départ de Troupes.* A son retour il lui commanda un second tableau, et il fut convenu que cette nouvelle œuvre serait payée non plus soixante, mais deux cents livres tournois, une fortune !

Encouragé par tant de munificence, Watteau se mit à l'œuvre et fit à la course sa *Halte d'Armée.*

Ces deux ouvrages tombèrent sous les yeux de quelques riches amateurs.

Le financier Crozat fut un de ceux qui s'en montrèrent le plus enthousiastes. Il se lia avec le jeune peintre, au point de lui offrir et de lui faire accepter un logement chez lui.

Ce ne fut pas tout. Watteau désirait aller étudier les maîtres d'Italie, surtout les Vénitiens, ces coloristes sans égaux pour lesquels sa sympathie s'explique aisément. Mais ce pas la vente d'un tableau de genre quelqu'il fut, qui pouvait suffire à cette dépense là.

· Il y avait bien un moyen.

Faites-vous nommer pensionnaire de l'école de France à Rome, lui dit-on.

Il veut en essayer. Ses deux tableaux achetés par Sirois, sont portés sous le vestibule de l'Académie Royale de peinture. Les membres de cette académie viennent à passer; Lafosse, l'un d'eux, s'arrête. Il reste longtemps devant les toiles anonymes, et demande quel en est l'auteur.

— C'est, répond le bon Sirois se trouvant là à point nommé, un jeune homme qui désirerait aller en Italie aux frais du Roi, s'il était assez heureux pour qu'on l'en jugeât digne.

— Faites-le venir ! dit Lafosse en entrant dans le local des séances.

C'était au Louvre, où l'académie siégeait tous les lundis, de trois heures et demie à cinq heures et demie.

Soutenu, stimulé par Sirois, Watteau, dont le cœur battait bien fort, monte l'escalier de marbre. Il est sur le point de défaillir en se trouvant tout à coup en présence de ce que l'art de

la peinture comptait de plus illustre : Boullon-
gne, Santerre, Coypel, Jouvenet, personnages
bien rentés comme gardes des tableaux du Roi,
professeurs royaux ; quelques-uns portant le
ruban moiré noir de chevalier de l'ordre de Saint-
Michel : honneurs et pensions, tout ce que le
pinceau donne à ceux qui savent s'en servir.

Watteau avait peu de mine ; il était maigre,
petit ; ses yeux caves et cernés brillaient de cet
éclat vitreux des yeux de poitrinaire. Il était
timide comme le sont en général les orgueilleux.
Son éducation avait été négligée.

Lafosse voulut le mettre tout de suite à l'aise.

— Mon ami, dit-il, vous ignorez votre talent ;
vous en savez plus que nous. Vous honorerez
l'académie ; nous vous regardons déjà comme
des nôtres.

— Messieurs, répondit avec effort Watteau,
si je puis aller à Rome aux frais du Roi... je...

— Vous y irez, dit Lafosse, dont la franche
physionomie exprimait un intérêt réel. Faites
vos visites ; je réponds du succès.

Watteau fit ses visites, et fut nommé.

Tandis que d'autres travaillent assiduement
un sujet académique et classique pour obtenir
le titre de pensionnaire ; lui, gagnait ce titre du
premier coup, au moyen d'un tableau de genre.

Mais que de peines avant d'en arriver là!

Il en a fait le récit à Gersaint, marchand de tableaux et rédacteur de catalogues.

Chassé par la misère de la maison paternelle, il retrouve à Paris la misère qui l'a suivi. Il souffre quelquefois de la faim. Après avoir passé quelque temps chez un certain Métayer, peintre de dessus de porte, qui l'emploie à la journée, jusqu'à ce que le travail vienne à lui manquer, il entre chez un imagier.

Celui-là était en relation d'affaires avec les églises de campagne et les communautés religieuses. Il expédiait à la grosse pour la province, des sujets pieux.

Pour produire vite et à bon marché, il avait organisé le travail de ses ateliers auquel douze ouvriers étaient occupés. Il leur avait partagé ce monde visible et sublunaire. L'un avait le firmament, l'autre la terre. Celui-ci faisait les têtes, cet autre les draperies, de manière qu'un tableau ne sortait de chez lui, qu'après avoir stationné successivement sur douze chevalets.

Watteau étant devenu de première force à ce travail mécanique, obtint de son maître, émerveillé de ses succès et de sa promptitude, qu'on lui réserverait un sujet pour le faire tout entier.

10

Ce sujet fut saint Nicolas.

Saint Nicolas n'est pas un saint solitaire comme saint Louis, saint Ludger ou saint Fiacre; ce n'est pas un saint d'un seul accessoire comme saint Antoine de Padoue avec son compagnon, saint Roch avec son chien; vêtu d'habits épiscopaux, il est accompagné d'un groupe d'enfants placés dans une corbeille et qui tendent vers lui leurs petits bras.

Ce sujet était assez compliqué de détails. Watteau y acquit tant d'habileté; la mître, la crosse, la chasuble en drap d'or du patron de l'enfance, étaient rendues avec tant de pittoresque, que ce saint personnage était parmi les correspondants de l'imagier, l'article le plus demandé.

Aussi son patron pour lui témoigner sa satisfaction, pour récompenser son mérite, lui faisait-il une position magnifique : trois livres tournois par semaine *et la soupe tous les jours !*

Ces brillants avantages ne purent toutefois triompher du penchant que Watteau avait pour le changement. D'ailleurs il voulait apprendre, pour pouvoir ensuite créer.

Faussant compagnie à l'imagier, il se présenta chez Claude Gillot, qui l'admit au nombre de ses élèves.

Claude Gillot, peintre de grotesques et d'arlequinades, n'est pas encore tout à fait oublié. Il a laissé de ses œuvres décoratives dans un grand nombre d'édifices du commencement du XVIIIe -siècle.

Il était le premier de ce genre badin vers lequel s'étaient portées les premières sympathies de Watteau enfant, alors qu'il passait des journées entières devant les théâtres en plein vent, à admirer les ruses d'Arlequin, la simplicité crédule de Pierrot, et les manéges coquets de Colombine. Arlequin, Pierrot, Colombine, ces anciennes connaissances il les retrouvait chez Gillot.

Il profita grandement des leçons de son nouveau maître. Ses œuvres en témoignent assez. Une partie de Watteau, c'est du Gillot mieux réussi.

Mais il paraît que le maître avait la tête chaude. L'élève était de son côté peu endurant. Cela ne pouvait porter bien loin. Un jour il y eut un éclat. Des gros mots furent lancés; des gros mots on en vint aux gourmades ; Gillot était chez lui, et l'on vit Watteau qui n'était pas le plus fort, sortir de la maison un peu endommagé.

II

Watteau avait vingt-cinq ans lorsqu'il commença à voler de ses propres ailes. Il était déjà frappé à mort. Il souffrait et on remarquait en lui beaucoup d'irascibilité et de brusquerie, avec un désir continuel de changement.

Il avait pris domicile chez Sirois. C'est là que, mettant en pratique ce qu'il avait appris des maîtres vénitiens, il faisait ses œuvres les plus nombreuses et les mieux réussies. Elles descendaient de l'atelier au magasin, où elles ne séjournaient guère.

En ce temps-là, celui qui a donné son nom au grand siècle mourait, et bien des choses mouraient avec lui. La religion était attaquée avec audace ; on osait pour la première fois outrager les croyances catholiques, et mettre en question les bases fondamentales de la monarchie. Law culbutait les fortunes, la Régence culbutait la morale et allait léguer à Louis XV, alors âgé de cinq ans, des exemples qu'il n'imita que de loin.

Les modes se transformaient avec les mœurs. La coupe des vêtements devenait moins solennelle. La grande perruque qu'avaient portée, à l'exemple de Louis XIV, Racine et Despréaux, s'écourtait et prenait un œil de poudre. Les couleurs claires et chatoyantes s'emparaient de la mode : Watteau saisit le mouvement.

Pourquoi emploie-t-il si souvent dans ses œuvres cette friperie italienne empruntée au théâtre de la foire Saint-Germain; pourquoi habille-t-il ses hommes comme des histrions? Pourquoi ces femmes, d'ailleurs si jolies, ne sont-elles que d'égrillardes soubrettes plâtrées de carmin et de céruse, avec des mouches et des accroche-cœur, avec des minauderies d'une ingé-nuité voulue et provocante? C'est que c'était le goût de l'époque. Cette époque, Watteau l'a comprise. Il en est devenu le peintre. Cette fonction lui a été conférée officiellement en quel-que sorte par le titre de *peintre des fêtes galan-tes*.

Amère dérision! Peintre des fêtes galantes, un poitrinaire, un hypocondriaque!

La mauvaise humeur, la misanthropie domi-naient le pauvre malade.

J'ai dit qu'il avait logé chez Crozat. Il se fatigua bientôt des soins dont il était l'objet dans cette maison. « Ce bon mais difficile « ami, » comme a dit l'indulgent Gersaint, se

met dans la tête que le financier fait de lui
sa chose, le montre comme une bête curieuse ;
il part. Il va chez le père Sirois ; mais il
n'y reste pas longtemps et demande bientôt
asile au gendre de celui-ci, à Gersaint, marchand de tableaux lui-même, et demeurant sur
le pont Notre-Dame, à l'enseigne du *Grand
Monarque*.

A cette époque, nombre de nos ponts étaient
des rues bâties sur l'eau, et le passage d'une
rive de la Seine à l'autre, faisait de ces rues
d'excellentes positions pour le commerce.

Watteau vint loger là entre le ciel et l'onde.
Il avait à sa droite les tours Notre-Dame et
l'aiguille élégante de la Sainte-Chapelle ; à sa
gauche la place de Grève où la foule se pressait
pour assister au spectacle presque quotidien
d'une pendaison, d'une exposition ou d'une
marque au fer rouge ; il avait à dos la *Samaritaine*, cette pompe établie sur pilotis dans la
Seine, et que l'on pouvait voir, il n'y a pas
encore très-longtemps, debout et en fonctions.

Les rapports d'âge, la similitude des goûts,
l'extrême condescendance du marchand de
tableaux, avaient rapproché ces deux hommes.
Gersaint était devenu l'ami de Watteau, titre
rare, qui avait ses charges.

Comblé d'attentions par Gersaint et par sa femme, il semblait se plaire au *Grand Monarque*.

Mais pouvait-il rester en place? Un jour il se dit qu'il lui serait utile d'aller à Londres surveiller ses intérêts et vendre lui-même ses tableaux, qui y sont extrêmement recherchés. Il prend sa valise, il part, le voilà parti!

Que fit-il de l'autre côté de la Manche?

Ignorant la langue du pays, apportant en toutes choses une complète absence de savoirfaire, on peut douter que ce voyage lui ait été bien utile.

Inhabile négociateur, il veut prendre ses pinceaux; il se met à l'œuvre.

Mais, est-ce l'effet des brouillards de la Tamise, de l'épaisse fumée de houille qui est l'atmosphère respirable de la ville de Londres? Ses tableaux sont lugubres.

Et puis Watteau se trompait peut-être, en comptant en Angleterre sur des triomphes non disputés.

Hogarth était déjà là, Hogarth qui savait peindre lui aussi, et qui a une portée philosophique, Hogarth qui est humoristique comme Fielding, et moraliste comme Swift ou Addison.

Qu'alliez-vous faire là-bas, *peintre des fêtes*

galantes? Ce qu'il vous faut, c'est Paris, c'est Versailles, c'est Meudon; ce sont les mœurs faciles de la Régence; c'est la fête de Saint-Cloud et le théâtre de la foire avec un rayon de soleil!

Qu'espériez-vous de ces Saxons glacés et formalistes, étranger comme vous l'êtes à la tyrannie de leurs usages?

Un beau jour, le coche d'eau débarque au port Saint-Paul, sous la place de Grève, un voyageur tout emmitouflé et comme transi. Le voyageur monte le quai, tourne au pont Notre-Dame, et s'arrête au *Grand Monarque*.

— Voilà donc, dit-il en serrant dans ses bras Gersaint, les tours Notre-Dame, la *Samaritaine*, le *Grand Monarque* et son *bourgeois!* Que je t'embrasse bien fort! J'ai cru mourir là-bas, et ne jamais vous revoir mes pauvres amis!

Et il eut un accès de toux.

— Votre chambre vous attend, dit Mme Gersaint qui venait de recevoir aussi une fraternelle accolade. J'y ai fait mettre des draps blancs; vous y trouverez toutes vos petites affaires telles que vous les avez laissées, et je vais vous faire préparer du vin chaud avec des épices et de la canelle comme vous l'aimez. Cela vous réchauffera.

— Merci! merci! Toi, dit-il à Gersaint, donne-moi de quoi me dégourdir les doigts!

— Nous allons te faire du feu.

— Ce n'est pas cela : une toile, une toile immense, un chevalet ou plutôt un échafaudage, des pinceaux et ma boîte à couleurs!

Et voilà cet homme extraordinaire qui s'assied, se pose devant une vaste toile de plafond, et se met à travailler avec furie.

Il avait dans la tête une idée, et il fallait qu'il l'énonçât.

Ce fut l'affaire de la matinée et de sept autres. On venait le voir travailler. Il y avait foule d'artistes et d'hommes du monde.

Ce n'est pas un sujet d'histoire qu'il avait choisi. Son plafond ne représente que la boutique de Gersaint. Plusieurs amateurs élégants, à la taille cambrée, aux jambes fines et l'épée au côté, examinent les tableaux, et s'informent des prix auprès de la bonne Mme Gersaint. A côté d'elle, un vieil habitué du magasin, regarde à la loupe un petit tableau flamand — un Van Ostade. — A gauche, des hommes de peine déballent une caisse de tableaux, et en retirent un splendide portrait du *grand Monarque* (Louis XIV).

Le travail de cette toile de plafond est prodigieux, non-seulement comme exécution, mais comme complication.

Il ne s'y trouve pas un petit coin où le peintre n'ait apporté son travail. Tous les fonds sont couverts de tableaux dans leurs cadres. Il y a là douze personnages dans des attitudes admirables, en y comprenant le lourdaud qui regarde avec des yeux stupides, le contenu de la caisse qu'il vient d'apporter.

Watteau n'a jamais rien fait de mieux. Il donna ce chef-d'œuvre à Gersaint, comme cadeau de bienvenue......

Il y avait des jours heureux, des jours de joie et d'amitié, mais il y en avait d'impatience et d'inquiétude. Malgré les soins dont il était entouré, Watteau s'ennuya encore chez Gersaint : son mal d'ailleurs faisait de rapides progrès depuis le voyage d'Angleterre.

— J'étouffe ici! dit-il un jour, j'étouffe au milieu de ces maisons, de cette foule, de ce bruit. Je veux aller à la campagne!

Gersaint était accoutumé aux lubies de son hôte, et il savait que vouloir les contrarier c'était leur donner de la consistance, en irritant le pauvre malade.

Il se mit à chercher, en s'associant l'abbé Haranger, chanoine de Saint-Germain-l'Auxerrois, ami du peintre.

Ce chanoine obtint de M. le Febvre, intendant des Menus-Plaisirs, un joli logement à
Nogent-sur-Seine, dans un bâtiment dépendant
du domaine royal.

Gersaint venait tous les deux ou trois jours
voir son ami et le *consoler*.

C'est qu'en effet Watteau allait s'affaiblis-
sant, et devenait de plus en plus chagrin, fan-
tasque et irritable. Il avait des désirs ardents
comme la fièvre qui les inspire; il formait des
projets irréalisables, entre autres, celui d'un
voyage en Flandre.

— Valenciennes! se mit-il à crier enfin, qui
m'empêchera d'y retourner? qu'on fasse mes
malles et qu'on m'apporte mes bottes de voyage!
Je veux me lev.....

Il s'était mis sur son séant et avait déjà les
jambes hors du lit, lorsque jetant un long soupir
il se renversa en arrière et mourut.

C'était le 18 juillet 1721. — Il n'avait que
trente-sept ans !

Il avait partagé naguère ses dessins entre ses
quatre meilleurs amis, MM. de Julienne, Hénin,
l'abbé Haranger et Gersaint.

Il laissait plusieurs œuvres inachevées — et
veut-on savoir à quelle somme monta l'actif de
la succession de ce peintre qui n'était pas un

talent méconnu, puisque ses tableaux se vendaient et se vendaient bien? à neuf mille livres tournois qui furent envoyés à sa famille!

Ce qui n'est pas moins étonnant que la médiocrité de son avoir, c'est sa fécondité !

Comptons : Mort à trente-sept ans, il avait successivement passé par l'atelier de Métayer et par celui du fabricant d'images pieuses; il avait étudié chez Claude Gillot, travaillé chez Audran où il fit son premier tableau.

Il avait alors vingt-cinq ans : c'est donc en douze années qu'il s'est manifesté. Dieu ne lui a donné que cet espace de temps, et lui, en a profité pour faire plus de trois cents tableaux, sans compter les dessins de paravent qu'il a exécutés pour M. de Julienne aux Gobelins, sans parler de ses dessins au crayon, de ses peintures de clavecins et d'éventails.

Au café Pillon, depuis café Procope, cher à la philosophie et à la bohème politique, il a couvert les panneaux de médaillons que l'on y voit encore; il a fait de nombreuses vignettes et des caricatures.

Comprenant l'importance du costume chez les deux sexes, il a mis tout son talent à des gravures de modes.

Voilà douze ans bien employés !

Le catalogue de la vente Lorangère, dressé par Gersaint qui y a trouvé l'occasion d'une notice sur son ami, s'élevait à six cent vingt-une pièces en dessins et en gravures.

Les gravures faites d'après ses tableaux, sont au Cabinet des Estampes, renfermées dans trois volumes comprenant trois cent soixante-trois planches.

C'est à M. de Julienne que l'on doit ce recueil.

M. de Julienne a mis un soin pieux à faire graver l'œuvre de Watteau — la gravure est une sorte d'enregistrement ; c'est l'état civil des tableaux. — Il y a employé Surugue, Cochin père, Audran, et trop peu le Bas, et n'a guère obtenu rien que de médiocre et d'incomplet.

Il ne pouvait en être autrement.

La vie d'un homme, c'est trop peu pour la tâche que M. de Julienne s'était donnée. Obligé de se presser, ce généreux ami employait ce qu'il avait sous la main, à défaut d'artistes plus habiles ou plus connus, mais occupés ailleurs.

Ce qui distinguera Watteau, c'est la facilité, la promptitude à saisir le mouvement, l'attitude, la physionomie, et à tout rendre d'un trait juste et exact. Sous ce rapport, il rappelle l'inimitable Callot, dont il eut l'esprit et l'élégance. L'harmonie des couleurs était chez lui une intuition.

Dans toutes les écoles, dans tous les pays,
dans celui de Titien comme dans celui de
Rubens, Watteau serait un coloriste.

Pour les terrains il couvre à peine la toile;
son feuillé, à l'exception des extrémités des
branches, est toujours traité par masses, et ses
seconds plans font voir des figures tout au plus
ébauchées.

Dans ses paysages qui sont vastes, riches,
vaporeux, pleins de riantes et profondes pers-
pectives, il recherche les alliances d'ombre
fraîche, de verdure et de chaleur.

La résultante, c'est l'harmonie, c'est la vie
et le parfum. Quant à la composition, on peut
dire que Watteau a la même abondance, la
même habileté d'arrangement que Téniers.

Il croyait railler et ne paraissait pas comprendre que c'est en faisant beaucoup de saint
Nicolas, en dépit de la lassitude et de l'ennui,
qu'il a acquis sa qualité maîtresse.

Le pianiste en possession du doigté le plus
brillant, n'a-t-il pas passé des années à faire des
gammes ; le coryphée ne se condamne-t-il pas
à apprendre à marcher et à faire des jetés bat-
tus, avant de se lancer dans le ballet ?

Watteau arriva à la perfection, en ce qui
concerne Saint-Nicolas, et cette perfection il l'a

gardée pour le reste. C'est un peintre d'imagination, d'invention, mais c'est avant tout un
ouvrier.

Je ne me console pas, après tant d'années,
d'avoir laissé échapper le *Départ de Troupes!*

XII

Rembrandt. — Vandevelde. — Gérard de Lairesse. — M. d'Arlincourt.

I

Si l'on jette un regard sur la partie Est de Paris, on trouvera que cette partie a subi aussi de grands changements depuis quelques années.

Notre-Dame *en la Cité*, comme disent nos vieilles chroniques, n'était pas, sous le gouvernement de Juillet ce qu'elle est aujourd'hui. Du côté Sud de la nef surtout, il y avait une grande différence. C'étaient des ruines amoncelées, témoins de pierre, racontant ce dont est capable un peuple aveuglé.

Notre époque n'a rien à envier à celle de Louis-Philippe. A ceux qui lui parleraient des

11

lois Ferry, des communards amnistiés, elle pourrait répondre par le sac de l'archevêché et par la démolition partielle de Saint-Germain-l'Auxerrois; elle rappellerait les croix de pierre arrachées du monument et brisées sur le pavé à quelques pas de la préfecture de police; elle nommerait un sous-secrétaire d'Etat à l'intérieur parmi les émeutiers qui étaient presque tous des voleurs et des forçats libérés.

Alors comme aujourd'hui, au peuple qui demandait la réalisation des promesses qu'on lui avait faites, on donnait à manger du prêtre, et on laissait vendre sur les ruines de l'archevêché, des feuilles ordurières dans lesquelles les plus immondes calomnies étaient déversées sur le prélat dont on avait démoli la demeure et dont on eut voulu saisir la personne, et sur une auguste princesse dont les vertus et les malheurs ont été un des étonnements de ce siècle et une des gloires de notre patrie.

Ces ruines restèrent là pendant nombre d'années. Le gouvernement de Juillet les respecta comme s'il eut craint de provoquer l'émeute en essayant d'en effacer les traces.

Mgr de Quélen avait vu saccager son palais. Il n'y rentra pas. Son art de tout supporter lui fut une grâce d'état; car s'il ne fut pas assas-

siné comme trois de ses successeurs, — et il
faillit l'être à Conflans — il fut honni, per-
sécuté sans que sa fermeté fléchît un instant,
sans que sa belle et impassible figure trahît, ce
qui pourrait ressembler à un trouble. *Em peb
emser Quelen* le houx est toujours vert : cette
devise de ses armes semblait raviver son espoir
et soutenir sa constance toute bretonne.

A la place de l'ancien palais qu'avaient habité
les Christophe de Beaumont, les Juigné, les
Belloy, il n'y eut longtemps que de jeunes
arbres attachés à leurs tuteurs et un chantier où
grinçaient les outils des ouvriers scieurs de
pierre. Cet espace était borné au Nord par la
rue Chanoinesse, où s'était réfugié le service
administratif du diocèse, et au Sud par le Petit-
Pont, vieux et délabré.

En portant le regard vers le quai de la Tournelle, on apercevait l'hôtel de Nesmond, une
vieillerie très-originale, et puis le dôme des
Miramiones qui ne contenait alors que des chiffons et des peaux. Cette charmante chapelle qui
a été restaurée était le grand entrepôt de l'industrie nomade des chiffonniers.

L'hôtel Lambert, autrement dit l'hôtel du
Contrôle général, que l'on apercevait non loin
de là, en l'île Saint-Louis, n'avait pas non plus
une destinée très-brillante.

Avant de devenir la propriété du prince Czartoriski, et de porter le drapeau de la Pologne et de la bienfaisance, il abritait sous ses lambris dorés, sous ses plafonds peints par Simon Vouët et par le Sueur, l'industrie des *lits militaires*; et j'ai dû avoir recours à l'obligeance de l'entrepositaire qui a fait déménager une légion de matelas, et s'est prêté de la meilleure grâce du monde à me laisser voir les *Muses* qui figurent dans les plafonds et dans les trumeaux, et qui sont au nombre des plus belles compositions de celui qu'on a appelé le *Raphaël français*.

Si nous suivons le quai de la Tournelle, en ayant le fleuve à notre gauche, nous trouvons un sordide couvert sous lequel s'étalent pêle-mêle de jeunes veaux destinés à l'abattoir, des lots de vieilles savates, des chenêts en fonte dépareillés, des *mouchettes* hors d'usage et pourtant inondées encore des larmes de la chandelle, rances et verdâtres; des cordes raccommodées avec des nœuds : tout ce que peut rêver de plus dépenaillé, l'imagination d'un chiffonnier en délire.

Parmi ces débris, on trouvait souvent de vieux tableaux.

J'en pressentais un et je ne me trompais pas.

C'était une peinture bizarre, faite d'un panneau de chêne qui s'était fendu et avait été raccommodé à l'aide de filaments de nerf de bœuf agglomérés par une couche de colle forte. Le tout était moisi; les années et l'humidité avaient eu raison de la colle et du bois.

Ce débris était bien à sa place au milieu des autres débris.

C'était une peinture étrange, traitée d'une manière étrange.

Figurez-vous un ciel invraisemblable, d'un noir vert fulgurant avec des lueurs : un ciel de pyrotechnie. Avait-il poussé au bitume ou avait-il été ainsi senti et ainsi rendu par le peintre comme cela est arrivé pour des tableaux du premier mérite ?

Sur le premier plan était un berger singulièrement accoutré. Une casaque rouge couvrait ses épaules; sa tête aux cheveux crépus était coiffée d'un feutre noir à demi défoncé et penché sur le côté; ses jambes croisées l'une sur l'autre dansaient dans des bas trop larges qui formaient spirale en lui tombant sur les talons.

Ce rustique personnage regardant le spectateur, tenait une musette qu'il allait porter à ses lèvres et sur les trous de laquelle se promenaient déjà ses doigts calleux.

Au second plan, et avec quelque attention, on pouvait découvrir une foule de petits monticules grisâtres; c'étaient ses moutons, c'était son troupeau dont une partie dormait couchée sur un gazon d'une teinte fantastique comme le reste. Dans le lointain, quelques pauvres chaumières dispersées semblaient se chercher dans cette étrange campagne. La vue de ce tableau vous communiquait une impression profonde et que l'on n'éprouve que devant des œuvres d'une véritable valeur.

Gisant au milieu des guenilles, il avait pour le marchand la valeur d'une guenille.

Je l'eus pour presque rien : ce n'était pas même cent sous, et je l'emportai chez moi triomphalement malgré sa crasse.

On m'a dit que c'était un Rembrandt, et je ne demande pas mieux que de le croire.

Les collectionneurs sont faciles aux illusions.

J'ai fait réunir au moyen d'un morceau de toile à voile et de colle forte, les deux fragments de ce tableau. Il a été restauré avec soin, doté d'un cadre d'ébène, style de l'époque, et il a tout à fait bonne mine à présent.

J'ai encore de l'école flamande, un paysage d'Adrien Vandevelde, trouvé sur le pont Notre-Dame où il figurait au milieu des bibelots d'un revendeur.

C'est également sur bois et pas trop détérioré.

Il a été facile de remettre en état ce petit panneau de quelques centimètres, sur lequel on voit au premier plan des vaches couchées dans une prairie marécageuse. L'une de ces vaches, celle du premier plan, est rouge, de ce rouge mal teint qui prend chez les chevaux le nom d'*alezan poil de vache*. Elle rumine en sommeillant; de longs cils de la couleur de la robe ou même un peu plus lavés s'abaissaient sur ses yeux doux, à demi fermés. Plus loin on voit d'autres vaches sur pied, de couleur pie, et quelques moutons. C'est plein d'une paix champêtre. Près d'un tertre gazonné se tient le pâtre ; la plaine avec ses arbres rares au feuillage cendré — des saules et des osiers — se déploie au loin jusqu'à une chaîne collines doucement ondulées ; de légers nuages bien blancs, bien vaporeux courent dans un ciel d'un azur pâle et froid.

Cela m'a coûté trois francs : un *petit écu* comme disait M. Joseph Prudhomme. Je l'ai payé moyennant une effigie de Louis XVI extrêmement fruste, monnaie en usage alors, qui ne se prêtait pas aux combinaisons du système décimal.

Cela m'a coûté dis-je trois francs, et l'on

m'en a offert déjà ce prix multiplié par mille.

J'ai encore deux tableaux de l'école flamande, tous deux de Gérard de Lairesse.

Le premier forme un carré long : trente centimètres de hauteur sur vingt de largeur et représente *Loth et ses filles* un des sujets les plus scabreux de l'Ecriture sainte. Au loin, les flammes dévorent Sodome. Une lueur éclaire la femme de Loth qui, en contemplant l'incendie, a été changée en statue de sel.

Sur le premier plan paraît Loth suivi de ses filles qui semblent moins d'humeur à méditer sur les vengeances du ciel qu'à relever coquettement leurs cheveux sur le front.

Cela a du style.

Les filles de Loth sont drapées avec élégance ; elles portent fièrement la tête. La couleur est heureuse et naturelle. En somme, sujet bien réussi d'un peintre habile, d'un flamand qui, comme Philippe de Champagne, a quitté les traditions de cette école pour se rapprocher de la manière italienne, et qui s'en est bien trouvé.

Mon autre tableau du même peintre, est un sujet, mythologique cette fois, bizarre et qu'on peut appeler le *Bain d'Apollon*.

Dans un riant bocage, — pardon pour ce style — sur un tertre, à l'ombre de beaux

et grands arbres, est asssis le dieu de l'art et
de la poésie. Ses pieds reposent sur les bords
d'un vaste bassin en argent, dans lequel on voit
une eau transparente.

Est-ce que le fils de Latone aurait la migraine?
Il va faire ce que font en pareil cas les simples
mortels, prendre un bain de pieds. Trois
nymphes s'empressent autour de lui. L'une,
encore accroupie, vient d'approcher le bassin;
une autre a vidé dans ce récipient le contenu
d'une magnifique aiguière; la troisième délie
les cothurnes du dieu. Celui-ci se laisse faire,
il n'a pas quitté sa lyre, on dirait qu'il veut
prendre son bain en musique.

Ces nymphes sont d'un beau type, et de
nuancés assorties. La blonde et la brune s'y
trouvent comme dans l'opéra-comique de
Joconde.

Après son bain, après qu'on l'aura bien
essuyé, le trop heureux immortel pourra faire
son jugement de Pàris.

Il aura à choisir entre celle qui a approché
le bassin et qui est d'un blond délicieux, d'un
blond que je comparerais à celui du Dieu si
j'étais sûr que les cheveux de celui-ci ne sont
pas des rayons; entre la grande fillé brune qui
a vidé l'aiguière, beauté sévère et imposante;

et cette belle personne d'un blond châtain,
tirant sur le roux, chevelure des filles de la
Grèce et par laquelle l'heureux immortel laisse
détacher ses cothurnes.

Ce sujet est bien disposé. C'est d'un beau
style; la couleur est solide, pleine d'harmonie
et de chaleur.

. . . .

. . . .

En matière de bibelots, c'est la boutique
remarquons-le bien, qui fait le prix. Trouvez
un Titien cour Saint-Jean-de-Latran, vous
l'aurez pour vingt sous; achetez quelque chose
comme un Lagrenée, comme un Nattièr sur le
quai Voltaire, vous le payerez cinq cents francs.

Mais le bain d'Apollon m'avait attiré, séduit.
Il n'était pas trop endommagé. Il y a des
tableaux que le vernis conserve, il y en a d'autres qu'il trahit en s'écaillant.

Mon tableau était des premiers. Le plus grand
des hasards me le fit découvrir. C'était rue
neuve des Capucines.

Je sortais d'une maison où j'avais rendu
visite à une de nos renommées littéraires, qui
avait jeté un vif éclat.

Ce fut une des personnalités saillantes de l'époque. Appelé très-jeune aux fonctions d'intendant militaire sous l'Empire, M. Le Prévost d'Arlincourt, après avoir rendu dans l'administration militaire des services très-connus, très-appréciés, les seuls dont il se vantait, M. d'Arlincourt riche, beau, encore à la fleur de l'âge, se lassa des jours de paix de la Restauration, donna sa démission et se mit à écrire.

Il y a des gens nés coiffés. Voilà que son premier roman le place à cent coudées de hauteur.

Qu'on ne me parle pas des succès de Dumas, de Paul Féval, de Ponson du Terrail!

L'*Étrangère* fut un événement. Nos théâtres de boulevard s'en emparèrent, et Bellini fit de la *Straniera* une de ses plus belles partitions.

Le *Solitaire* parut bientôt après. Ce fut du délire. On ne parla pendant un an que de ce personnage mystérieux qui savait tout, qui voyait tout, qui entendait tout, et qui avait le don de l'ubiquité.

On faisait des romances, on chantait des pont-neuf sur le *Solitaire*; les orgues de barbarie le soupiraient, les aveugles le braillaient.

Un des premiers magasins de nouveautés de Paris prit le titre du *Solitaire*, avec la permis-

sion de l'auteur, en posant au-dessus de son
entrée un grand tableau où était peint un homme
à barbe, moitié moine moitié bandit, et drapé
dans un manteau couleur de muraille.

On a dit que les romans de M. d'Arlincourt
étaient quelque chose d'impossible, comme
tableaux historiques, comme peintures et comme
style ; on en a fait le type de tout ce qu'il y a
de plus extravagant, de plus inouï dans le genre
troubadour.

Je ne sais ce qui en est, mais ce que je me
rappelle bien, c'est que, élève de cinquième au
collège de Rennes, et ayant pu mettre la main
sur l'*Étrangère* en trois crasseux volumes, je
dévorai l'ouvrage d'un seul trait en pleurant
toutes les larmes de mon corps.

C'était le temps des manches à gigots, des
pantalons à la Jocko, des bottes à la poulaine,
des chapeaux tromblon pour les hommes, et
des chapeaux calèche pour les dames dont la
toilette se trouvait ainsi décrite ; on chantait sur
l'air de la *Neige* :

> Une robe légère
> D'une entière blancheur,
> Un chapeau de bergère,
> De nos bois une fleur :
> Oui telle est la parure, etc.

M. d'Arlincourt ayant fait hommage de son
Solitaire à MADAME, duchesse de Berry, et
ayant signé sa dédicace : Victor d'Arlincourt,
reçut du secrétaire des commandements de la
princesse qui avait mal lu le nom de Victor, une
lettre des plus gracieuses, où il était qualifié
vicomte.

Il n'est pas le premier qui ait bénéficié d'une
méprise à laquelle prête ce nom de Victor grif-
fonné devant une particule.

Ce titre de vicomte a quelque chose de litté-
raire, depuis que Châteaubriand l'a mis à la
mode et qu'il a été porté par un poète qui fut
quelque temps vicomte Victor Hugo et pair de
France.

Fallait-il le nier contre l'affirmation de
MADAME, en paraissant dédaigner ses bontés?

Pareille chose n'était pas à faire pour un
homme de bonne compagnie comme M. d'Arlincourt.

Le titre qu'il garda est devenu inséparable
de son nom et de sa renommée; il est un des
traits de sa physionomie.

M. d'Arlincourt fut un moment assez illustre
pour que MADAME lui fit l'honneur d'aller le
voir à son château de Saint-Saëns près de
Rouen, sur les bords de la Seine. Il y eut une

fête magnifique à laquelle assistaient la maison de Madame et des personnes de la cour.

Vanité des vanités; que cela est loin! De tous les invités en reste-il un seul pour redire les splendeurs de ce jour et de cette nuit?

Jamais il n'y eut éclipse aussi subite que celle du romancier en vogue. Il s'écroula. Sa gloire avait vécu ce que vivent les roses.

Quelques jours après ces beaux jours-là, on ne parlait plus de lui, et ses écrits allaient rejoindre dans l'abîme de l'oubli les ouvrages de la Mothe-Langon, de Mortonval et de Dinocourt.

M. d'Arlincourt survivait à sa renommée. Je le connus alors.

C'était un homme d'assez haute taille, très-soigné dans sa toilette; ses cheveux noirs et bouclés avaient ce *coup de vent* sans lequel il n'y a pas de front inspiré. Il avait cet air ni jeune ni vieux des hommes qui portent corset. Il demeurait rue neuve des Capucines, au haut d'une belle maison entre cour et jardin, près du pavillon de Hanovre; et les jardins sur lesquels donnaient ses fenêtres avaient dû faire partie de la résidence du maréchal de Riche-

lieu. C'était à deux pas du boulevard. D'innombrables voitures sillonnaient la rue, ébran-
laient le sol. C'était un contraste que cet homme
silencieux au milieu de tout ce bruit.

Il avait un aspect mélancolique et vivait fort
retiré. Il était bon homme et même assez naïf.

Quand on lui parlait de ses ouvrages, il laissait voir une surprise mêlée de reconnaissance,
et vous menait devant une immense bibliothèque.

Elle ne contenait que des volumes en langues étrangères, espagnole, italienne, allemande,
russe, tous reliés avec luxe : c'étaient ses ouvrages traduits dans toutes les langues de l'Europe.

Il y a longtemps qu'il est mort. Il est parti
sans tambour ni trompette.

Il était mort depuis longtemps, sinon pour
quelques amis fidèles, du moins pour le public,
et la génération, témoin de ses étonnants succès,
n'est déjà plus ou elle est bien près de disparaître !

Nous voilà bien loin de mon *bain d'Apollon*.

C'est un miracle que, dans ce quartier, du
monde riche et connaisseur, quelqu'un ne me
l'ait pas emblé.

Si je n'étais pas venu voir M. d'Arlincourt, il
m'aurait certainement échappé. C'est en m'arrê-

tant sous sa porte cochère, que j'eus occasion de découvrir de l'autre côté de la rue cette toile presque cachée dans l'intérieur de la boutique.

Je l'ai dit : en matière de bibelot, c'est la boutique non l'objet qui fait le prix.

Les loyers sont élevés dans la rue neuve des Capucines.

Le marchand ne voulut pas descendre au-dessous de cinquante francs. Ce n'est pas un prix de brocante : c'est trop haut; ce n'est pas un prix de vente pour un bon tableau. C'est quelque chose d'intermédiaire.

Le *Bain d'Apollon* m'avait séduit, et je trouvais que ce n'était pas trop de le payer par un sacrifice onéreux à ma bourse.

Ma bonne fortune ne m'abandonnait pas. Elle m'a fait découvrir des tableaux de l'école italienne et de l'école espagnole. — Oui de l'école espagnole, et j'en ai un qui n'est point un Ribera, mais quelque chose de plus distingué.

XIII

Herminie chez les Bergers. — Madame. — Velasquez.

I

C'est un tableau de petite dimension, tout en longueur : forme imposée par le sujet qui est double et traité d'une manière qu'on a peine à caractériser.

C'est très-rustique, très-original, et surtout très-espagnol. On voit d'abord une bergerie étroite et basse, dans laquelle un petit pâtour vêtu d'un pourpoint à crevés de couleur grise, avec une toque ou carapousse à la Philippe II, fait l'inspection de ses moutons, serrés les uns contre les autres. Litière de paille, crèche; rateliers, tout cela est admirable d'exactitude et de détails, quoique traité fort largement.

12

C'est la partie accessoire du tableau; voici l'autre dans laquelle tout l'intérêt est concentré :

Herminie est lasse; car elle a bien combattu, bien chevauché et, toute princesse qu'elle est, elle s'estime heureuse de rencontrer l'asile rustique qui s'offre à sa fatigue. Elle a jeté sa lance, sa cuirasse, son épée et ses gantelets, qui gisent à terre au premier plan, tant à côté que devant elle.

Elle se met à l'aise. Son sein est à demi nu; elle a les bras au vent, et elle les essuie avec des linges bien frais et bien blancs, que lui présente à genoux une vieille femme toute ridée, qui la sert en l'admirant.

A terre, la jambe droite repliée sous elle, Herminie laisse traîner les plis fastueux de sa longue robe d'amazone de velours grenat, robe semblable pour l'étoffe et la couleur à son toquet autour duquel s'enroule un onduleux marabout blanc. A côté et non loin d'elle, son destrier richement caparaçonné piaffe et présente au spectateur son large poitrail orné d'un pignon d'or.

L'effet général est splendide. Tout est beau dans cette peinture; et, en la considérant longuement, on se prend à y découvrir des beautés d'abord inaperçues.

Pour sa couleur, je n'en dirai rien : on serait banal en louant le coloris de Velasquez ; car c'est un Velasquez.

Cette petite toile renfermée dans le carton d'un marchand de dessins du quai de la Ferraille, était méconnaissable.

On lui avait prodigué le vernis ; ce vernis en vieillissant s'était fendillé, et empêchait de rien voir.

Elle me coûta vingt sous.

Toutes les princesses guerroyantes ne sont pas aussi favorisées que vous, Herminie. J'en sais une, celle-là longtemps nourrie du pain de la captivité. On l'enferma dans une tour, au bord d'un fleuve où la mer reflue et sur lequel se croisent d'innombrables navires. Peut-être en les voyant arriver à toutes voiles s'est-elle demandée souvent si l'un d'eux ne portait pas un libérateur...

Comme elle était pour ses geôliers un embarras et un reproche, les portes lui furent ouvertes ; mais avant de la rendre à la liberté, on a essayé de lui ôter l'honneur...

Elle vient de partir. — Nous sommes en 1833. — Elle a quitté en pleurant cette France qu'elle aime toujours, quoiqu'elle y ait trouvé la prison pour elle-même, l'assassinat pour son mari ; elle est retournée dans son beau royaume, laissant la désolation parmi ceux qui l'ont suivie et qui gémissent de l'insuccès de son entreprise.

La réaction contre eux est vive. L'épithète de *chouan* est la plus forte expression de la haine et du mépris. Un ministre leur a dit, du haut de la tribune : « On ne vous doit que l'exclusion ! »

Herminie, vous avez un beau cheval ; vous avez une cuirasse, une lance, une riche amazone de velours : l'autre princesse qui courait des aventures meilleures que les vôtres, car elle travaillait à reconquérir à son fils le plus beau trône du monde, portait une robe de droguet, une coiffe de toile et elle allait à pied.

Année trois fois terrible celle-là ; année de défaite, de deuil et de trahison ! La guerre civile, le cloître Saint-Merry, le choléra et Deutz !

Le choléra régnait à Paris. Au seuil de chaque maison étaient des tréteaux pour déposer les morts afin que le corbillard les recueillit en passant. A tout instant on y apportait des cadavres, des cadavres ensevelis à la hâte, corps tout bleus, visages tout noirs. Il n'y avait plus assez de véhicules pour emmener ces légions de trépassés.

Après la contagion vint la guerre civile. Le général bonapartiste Lamarque étant mort du choléra, on profite de ses funérailles pour faire une manifestation. Les émeutiers y sont en nombre. Le cortège grossit en marchant et devient une armée avant d'arriver au Père-Lachaise. Paris prend les armes; Paris malade fait le coup de feu. Le drapeau noir flotte sur nos hôpitaux; le drapeau rouge se déploie derrière les barricades...

Dans vos sphères éthérées, Herminie, il n'y a point de ces douleurs pleines de honte. Le peuple souverain est absent, inconnu; il n'y a que grâce, amour, chevalerie.

De notre côté tout est sombre et triste.

MADAME se décide à quitter ces campagnes de l'ouest où elle a trouvé tant de nobles cœurs. Accompagnée de Mlle de Kersabiec, elle s'achemine vers Nantes où deux bonnes royalistes, Mesdemoiselles du Guiny, lui ont préparé une cachette.

Mais pour y arriver, il y a trois lieues à faire, trois lieues pleines de périls et d'inconnu.

Le pays est couvert de troupes; on traque partout les royalistes comme un gibier.

Longtemps après les événements de la Vendée, je causais avec le lieutenant Pageot qui y avait pris part et qui savait bien des choses.

— « C'était, me dit-il, dans les premiers
« jours de juin de l'année 1832. On m'avait
« donné à garder le pont de Pirmil, sur la
« route de Poitiers à Nantes, avec un peloton
« de mon régiment. Ma consigne était sévère.
« J'avais ordre d'observer les passants de tout
« sexe, et de tâcher de reconnaître, par un exa-
« men des signes extérieurs, s'ils avaient parti-
« cipé au mouvement. Dans ce cas ils devaient
« être arrêtés et traduits devant un conseil de
« guerre.

« Il y avait un certain concours de passants
« sur le pont — quelques vieillards, surtout
« des femmes allant au marché à Nantes ou se
« rendant à quelque église des environs.

« Ma petite troupe était au repos et je me pro-
« menais sur le milieu de la chaussée. Deux
« femmes arrivaient, l'une petite, brune, l'autre
« de taille moyenne et laissant tomber sur sa
« joue une boucle de cheveux blonds qui
« s'était échappée de sa coiffe de paysanne
« évidemment ajustée par une main sans expé-
« rience. Elle tenait à la main ses souliers et
« ses gros bas de laine brune et marchait nu-
« pieds, pour économiser sa chaussure sans
« doute. C'était tout à fait couleur locale ; mais

« les pieds étaient petits, cambrés et on les
« avait enduits à la hâte d'une couche de terre
« détrempée qui n'empêchait pas de voir la
« blancheur de la cheville, absolument exempte
« de hâle.

« Je levai les yeux sur le visage. Mon examen
« troubla visiblement celle qui en était l'objet.

« Je fus au moins aussi troublé moi-même ; car
« je reconnaissais ces yeux bleus un peu indécis,
« cette bouche légèrement entr'ouverte par suite
« de sa conformation naturelle, cette coupe de
« figure d'un ovale régulier. Ces traits, altérés
« par la fatigue et l'inquiétude, je les avais
« vus pleins de bonne humeur, de franchise et de
« grâce aux Tuileries, à Bagatelle, à Saint-
« Cloud, à Rosny lorsque mon service m'y
« appelait.

« On ne peut se figurer ce qu'était alors l'ar-
« mée pour un officier ayant des antécédents
« comme les miens !

« L'état-major d'un grand nombre de régi-
« ments comptait des décorés de Juillet, des
« hommes qui n'avaient jamais servi que der-
« rière les barricades. Ils faisaient la pluie et
« le beau temps.

« Les officiers qui étaient arrivés régulière-
« ment, soit en passant par les écoles, soit en

« faisant leur service, étaient rangés dans la
« catégorie des suspects ; mais c'était bien pis
« pour ceux qui sortaient de la garde. Ils
« étaient hors la loi, ceux-là. On ne leur lais-
« sait ni paix ni trève : c'était contre eux l'hos-
« tilité ouverte et incessante...

« Qui pouvait intervenir en leur faveur ?

« Leurs chefs n'osaient pas ; ils n'auraient
« pu le faire sans être dénoncés, frappés peut-
« être...

« Officier de fortune, fils de cultivateur, je
« tenais à l'épaulette que j'ai si péniblement
« gagnée. J'avais cru devoir résister au senti-
« ment d'irritation qui me poussait à suivre
« l'exemple de tant de mes camarades en bri-
« sant mon épée et je restais au service sans
« perspective d'avancement ou de croix d'hon-
« neur ; me résignant à être toléré.

« Maintenant, supposez MADAME tombant
« entre les mains d'un officier dans cette posi-
« tion de suspect et de paria. Il la fait prisonnière,
« et la livre à ses ennemis. Comme tout change
« alors pour lui ! Comme on oublie ses antécé-
« dents ! L'avancement lui devient facile comme
« aux autres, peut-être plus qu'aux autres. La
« croix d'honneur qu'il obtient le console de ce
« qu'il a dû souffrir en arrêtant une femme...

« Cette femme était là, devant moi. Je n'avais
« qu'à étendre la main pour la saisir et pour
« saisir en elle toutes ces choses qui sont la
« vie d'un soldat...

« En faisant ces réflexions, j'avais laissé mon
« regard longtemps fixé sur elle. Je la vis pâlir
« et baisser ses grands yeux clairs.

« Je détournai subitement la tête, et me mis
« à regarder — quoi? le pont, la rivière, la
« chaussée, je ne sais — et Elle passa!

« Je suis toujours lieutenant au 57ᵉ. »

Le nettoyage de cette toile me faisait éprouver à chaque instant une nouvelle et agréable
surprise.

Les détails sortaient de la brume et arrivaient
l'un après l'autre. C'était la cuirasse aux riches
reflets qui se prenait à luire sur les terrains
poudreux; c'était le luxe de cette toilette de
reine; c'étaient les plis de cette amazone largement drapée, d'où sortait un pied cambré, rose
et nu... Et les tons admirables de la robe de
ce blanc destrier, et les gantelets, et les haillons
de la vieille femme, et les moutons qui finis-
saient aussi par apparaître...

Ce tableau, coupé au ras du chassis avec un
rasoir ou un tranchet, et par conséquent sans
marge, était probablement la pensée première

d'un sujet que Velasquez se proposait de traiter plus en grand. Je le fis restaurer et encadrer.

Il orne aujourd'hui le cabinet d'un écrivain dont le nom est tout un éloge, de M. Paul Féval.

XIV

Le pastel. — Greuze. — Le duc de Bourbon. — Les fixés.

I

Le pastel convenait bien à l'époque de charmante décadence qui avait les vertugadins, la poudre à la maréchale, les talons rouges et fut le triomphe du rococo ! Une poussière brillante qui semble empruntée aux fleurs d'un parterre ou dérobée à l'aile du papillon et qu'une main exercée étend et distribue sur le vélin : voilà le pastel. Sa spécialité est le portrait. Il adoucit les traits sans diminuer l'éclat du regard. Rien de joli, d'harmonieux, d'aristocratique comme un pastel de la Tour ; il semble là que chaque couleur a son parfum particulier, exquis et fin.

Un chercheur n'a pas grand'chose à raconter sur le pastel et la raison en est simple. Le pastel est très-fragile. Il suffit d'un choc subit pour que la poussière dont il est formé se déplace et se confonde ; et puis le vélin qui supporte cette poussière est frileux, rhumatisant ; à la plus légère humidité il se contracte et s'altère. Il est grand le nombre des pastels dont on voit les esquisses au crayon noir reparaître comme le squelette du tableau sous les couleurs tombées !

Il faut à cet objet fragile une protection fragile aussi, celle du verre. Un heurt et le pastel tombe en syncope ; un déménagement précipité et le voilà perdu. Joignez à cela son vice d'origine qui est de rappeler des figures généralement mal vues de la démocratie, et vous avouerez que ce serait miracle s'il échappait à tant de causes de destruction.

Le chercheur interroge en vain les quais, les ponts, les rues : point de pastel. Le pastel est mort en route d'un bris de vitre ; il est mort de nudité et de froid.

Je sais une longue carrière d'explorateur où il ne s'est trouvé qu'un seul pastel en assez bon état pour être acheté ; c'était *l'Enfant tenant un chien sur ses genoux* de Greuze.

Vous connaissez le sujet : un poupon vêtu d'une camisole, coiffé d'un petit bonnet de toile, qui tient sur ses genoux et serre dans ses bras nus un chien de cette espèce très-laide mais éteinte à ce qu'il paraît : le carlin, à la face camarde, au nez plissé et reniflant, au poil noir avec tâches de feu aux sourcils et au museau.

Greuze a ce privilége, entre tous les peintres du xviiie siècle, de n'avoir jamais été nié. Natoire, de Troy, Brenet l'ont été ; ils avaient eu cependant leur jour. Boucher est coloriste ; mais à la fin on s'est aperçu — que de temps pour voir cela ! — qu'il était un tortionnaire, un déformateur de la structure humaine ; que ses amours étaient ventrus, lymphatiques, estropiés, goutteux ; on a voulu que son plus grand mérite, si mérite il y a, fut d'avoir inventé les petits amours femelles.

Greuze n'a pas eu de ces vicissitudes.

Il a été plus haut que Boucher, mais il n'est jamais tombé si bas dans l'estime des hommes. C'est qu'il a pris pour guides la vérité et la nature.

Greuze est plus qu'un peintre de fantaisie, plus qu'un peintre d'histoire même : c'est un peintre de mœurs.

La famille au village, le cultivateur, la fermière, la jeune fille, le poupon qui pend au sein de sa nourrice : tels sont les éléments qu'il a mis en œuvre, en y employant des qualités de peintre de premier ordre, et un talent de disposition dramatique tout à fait exceptionnel.

Aussi n'a-t-on pas besoin d'être le moins du monde initié aux secrets de l'art, pour apprécier ses tableaux.

Cherchons ici le portrait de l'homme et interrogeons-le.

C'est une tête puissante, avec un œil bienveillant et observateur, une bouche spirituelle, une expression de belle humeur toute bourguignonne, car il était bourguignon et né à Tournus, petite ville dont on salue le joli clocher roman en descendant la Saône.

Avec quelle profonde connaissance Greuze a traité son sujet — la vie rustique — et qu'il lui a fallu pour l'acquérir d'étude et de sagacité!

A la tête de la famille, il a trouvé ce roi de droit divin, le père, et il l'a compris. Il l'a fait beau, il l'a fait grand, il l'a fait auguste!

Qu'il est majestueux et doux, le monarque incontesté de ce petit royaume, quand il unit les deux fiancés dans *l'Accordée de village;* qu'il est terrible dans la *Malédiction paternelle!* On se précipite, on s'interpose avec larmes, mais tout est inutile; le geste est lancé et la foudre a atteint le malheureux fils qui chancelle sous le coup...

La mère de famille, avec de grands restes de beauté, porte en elle les caractères de la bonté et de l'indulgence : c'est la Providence de la maison; la jeune fille est modeste et laborieuse; les marmots sont bruyants et potelés, — que leur demander de plus?

Qu'il fait bon dans ce milieu, et comme éclate sur ces figures la beauté morale aussi bien que la beauté physique! Et ces jeunes gens comme ils sont élégants dans leur force et comme leurs mères et leurs sœurs, si jolies sous leurs coiffes blanches, sont fières d'eux!

Je ne peux m'empêcher de me souvenir que pendant que Greuze était à son chevalet, Mozart composait à son clavecin.

Greuze, premier peintre du Roi, peignait son tableau : *Louis XVI et la Reine distribuant des secours aux indigents pendant le rude hiver de* 1788-1789; et Mozart, à Schœnbrunn, chef de la musique de la cour, jouissait de la familiarité des archiducs et des archiduchesses d'Autriche.

Mozart et Greuze! En voyant les œuvres de l'un, on croit entendre les mélodies de l'autre.:

même tendresse, même suavité, même harmonie chez le peintre et chez le musicien !

Mozart et Greuze contemporains, quelle époque pour l'art !

Ce petit pastel se morfondait sur le quai aux Fleurs, presque au coin de la rue de la Lanterne, à un étalage en plein vent.

L'enfant a cette limpidité du regard, dont Greuze possède le secret. Le geste est charmant de grâce et de naturel. Le sujet est en pied, assis sur une chaise grossière.

Greuze a fait ailleurs ce tableau à l'huile. Est-ce lui qui l'a répété ici au pastel? C'est ce que je n'oserais affirmer.

Je l'ai payé la valeur d'un pastel ayant un peu souffert.

Heureux ceux qui peuvent acheter des Greuze intacts! Ils sont hors de prix et on ne saurait les payer ce qu'ils valent.

II

Il y a de cela bien longtemps! Connaissez-vous la rue Saint-Paul, qui va du quai du même nom à la rue Saint-Antoine? En débouchant sur le quai, à droite, on trouve l'hôtel Fieubet alors habité par des ménages d'ouvriers, et depuis restauré par M. de la Valette le vaillant rédacteur en chef de l'*Assemblée nationale*.

Une invincible force arrête le chercheur devant tout étalage de bric-à-brac. Il a toujours un vague espoir.

Là cependant il n'y avait rien, rien qui fût de quelque valeur — des objets usuels et, suspendu à la devanture, un portrait, aussi sans valeur, au point de vue artistique du moins.

A quoi bon m'arrêter ici, disais-je en cherchant à me raisonner. Déjà possesseur d'un pastel dont je ne suis pas content, vais-je en acheter un autre dont je serai encore moins fier?

Celui-ci est sérieusement détérioré. L'œuvre est médiocre. Cette figure a du galbe et du caractère. Je ne veux pas m'attacher à une vague ressemblance qui me rappelle un visage connu.

Les cheveux sont longs, légèrement poudrés et crêpés sur les tempes en aile de pigeon, mode de 1788. — Ce n'est pas un portrait à perruque.

L'habit est droit, en forme de casaque, et de cette couleur un peu ingrate, mais au moins bizarre qu'on appelle *ventre de biche*.

Cet habit est galonné sur le devant, aux

13

parements et au collet comme celui d'un trompette de cavalerie, et ces galons sont quadrillés
de rouge et de bleu à la *bourguignonne*... C'est
la livrée de Condé!

Et il a le cordon bleu!

Serait-ce un prince de cette maison.

Ce ne peut être Louis-Joseph de Bourbon,
né en 1736, marié à Charlotte de Rohan Soubise, — ce patriarche de la fidélité et de l'honneur, chef de l'armée de l'émigration et qui
avait parmi ses soldats, son fils et son petit-fils,
triple génération de vaillants!

Ce n'est pas non plus le duc d'Enghien qui
était enfant à cette époque. L'homme que je
vois ici annonce environ trente ans, âge que
devait avoir vers ce temps-là 1788-1789 le duc
de Bourbon!

— Serait-ce vous Monseigneur, vous qui
aviez demandé qu'on vous enterrât « dans les
fossés de Vincennes, à côté de votre infortuné
fils » dernier vœu qui n'a pas été exaucé, puisque
nous vous portions, il y a trois ans, aux caveaux
de Saint-Denis, réservés à la famille de nos rois.

Ah! vous ne deviez pas mourir comme vous
êtes mort, dans les odieuses ténèbres amassées
autour de vos derniers moments, atteint du
soupçon de suicide..... et je pleurais en empor-

tant ce pauvre pastel à demi effacé, et qu'on m'avait donné presque pour rien...

Je pleurais parce que les souvenirs me revenaient en foule...

Entre Dammartin et Juilly, vers les jours d'automne, à la fin des vacances, —j'étais enfant alors — nous arrivâmes, le fils du comte de M. et moi, jusqu'à la ferme de Gironfosse, où nous n'étions des étrangers ni pour l'hôte ni pour le chien de garde, énorme terre-neuve qui venait nous recevoir en nous faisant fête.

Le fils du comte de M. était de mon âge, — encore un dont la destinée a été faite de quelques jours brillants, et d'un demi siècle de jours sombres.

De tant d'amis que j'avais, presque tous sont morts; celui-là traîne d'un lit de douleur à un fauteuil à roulettes, ce qui reste d'un homme du monde accompli, spirituel et beau, — vous ne pourriez jamais le croire!

Il y avait auprès de Gironfosse une chasse réservée : les *bois du Jard*, pleins de marécages, où venaient s'abattre dans la saison, des canards, halbrans, sarcelles, hérons et autres oiseaux aquatiques. Nous n'étions pas d'âge mon camarade et moi, à tenir un fusil; mais nous aimions à voir des chasseurs.

Ce jour-là il en arriva un; il était suivi de deux hommes, sans doute ses domestiques.

Rien ne le distinguait d'eux. Ce n'était pas tout à fait un vieillard; il était à la limite de l'âge mûr. Une sorte de casaque vert-foncé dessinait les formes de son corps osseux. Une énorme gibecière un peu usée pesait sur son épaule par une bretelle dont le cuir annonçait les longs services. La dimension ambitieuse de cette gibecière semblait indiquer que son propriétaire comptait beaucoup sur sa chance et sur son adresse.

Le reste de son costume témoignait d'une complète absence de recherche.

Il était coiffé d'une haute casquette à oreillettes, de forme commode et avec une très-longue visière en cuir bouilli. Ce couvre-chef avait quelque chose de majestueux ou de menaçant, selon le point de vue duquel on le considérait.

On sait que la Brie n'est pas comme certaines provinces de France, la Bretagne par exemple ou le Midi, un pays de moyenne ou de petite propriété. Les domaines y sont vastes et exigent un nombreux personnel d'exploitation.

Le fermier est un *Monsieur* qui met en

mouvement pour sa culture de forts capitaux, et il n'était pas rare, dès ce temps là, d'entendre dans le salon à côté le piano de la fille de la maison.

Le chasseur entra dans la vaste cuisine de Gironfossé pour tirer ses guêtres et mettre ses bottes de marais. Je le regardais faire avec la curiosité de mes huit ans : l'enfance est une continuelle étude. Comme il commençait à faire froid, un grand feu flambait dans l'âtre. Le chasseur remit sa canardière aux mains d'un des hommes qui le suivaient, tira ses gants de daim fourré et serra autour de son corps une forte écharpe de laine, tant pour se garantir des rigueurs de la saison que pour rassembler ses forces. L'Écriture ne dit-elle pas à ceux qui vont à une entreprise laborieuse : « Ceignez vos reins » ?

Pour cette opération, le chasseur ouvrit son gilet et en tira sa montre qu'il posa sur la table à côté de ses gants.

Cette montre qui était une montre de chasse en argent, dite *savonnette*, fixa mon attention.

Elle était bosselée, brillante dans les parties soumises à un frottement, oxidée dans les autres, et tenait à une chaîne d'acier. — Les beaux messieurs des magasins de *Pygmalion* sont autrement équipés que cela quand ils vont troubler à coups de fusil le repos dominical de l'unique allouette de la plaine Saint-Denis !

Je n'avais pas encore vu de montre de cette sorte. La curiosité me poussant, j'étendis la main, me saisis de l'humble bijou et le portai à mon oreille.

En entendant son tic-tac régulier :

— Elle marche dis-je, m'approchant câlinement du chasseur ; mais à quoi cela sert-il si elle n'indique pas l'heure...?

Le chasseur se retourna. Il était haut en couleur, comme les hommes habitués à vivre au grand air. Ses yeux s'arrêtèrent un moment sur moi ; puis il ouvrit la boîte, me montra le cadran et, d'une voix dont il cherchait à adoucir la rudesse naturelle, m'expliqua que la boîte métallique avait pour but de défendre la montre contre les chocs résultant de l'action de la chasse.

— Le verre se briserait ; la boîte plie, conclut-il.

— Tu as là une fameuse casquette ! lui dit mon camarade, se familiarisant à l'excès et ne paraissant pas prendre garde aux signes d'improbation qu'on lui adressait de toutes parts.

Il se la mit sur la tête et disparut dedans jusqu'aux épaules.

— Est-ce que tu n'y mets pas un plumet ? demanda-t-il s'enhardissant jusqu'à l'ironie.

Le chasseur regarda avec un demi sourire le petit drôle.

Il avait ses bottes de marais ; il se leva, prit sa montre, arbora son auguste couvre-chef et, après avoir demandé qui nous étions, et nous avoir donné à chacun une tape sur la joue, il sortit.

— Emmenez-moi avec vous à la chasse, lui dis-je d'un ton suppliant et en courant après lui.

— Impossible, mon petit monsieur, me répondit un de ceux qui le suivaient. Songez donc ! Il faut entrer dans l'eau et rester quelquefois deux heures sans bouger !

— Malheureux ! nous dit quand nous rentrâmes M. Paulmier, fermier de Gironfosse, c'est ainsi que vous vous comportez avec Monseigneur le duc de Bourbon !

Le chasseur revint aux bois du Jars ; je le revis plusieurs fois, puis on me dit qu'il était mort. . . . .

. . . .

Les évènements de juillet avaient porté au duc de Bourbon un coup terrible.

— J'ai trop vécu disait-il. C'était assez d'avoir assisté à la première révolution ; je n'aurais pas dû voir celle-ci !

La bataille de trois jours jours dans les rues de Paris le remplissait d'inquiétude au sujet de Charles X. Le roi et lui s'étaient trouvés côte à côte dans l'armée de l'émigration. Ils avaient même croisé le fer. Mais cet ancien duel, peut-être oublié, n'avait servi comme il arrive souvent, qu'à les rapprocher davantage. Ces deux natures chevaleresques étaient faites pour se comprendre.

Le prince avait soixante-quatorze ans, un an de plus que celui qui s'appela le comte d'Artois.

— Où est le Roi ? demandait-il pendant ces trois jours de fièvre. Est-il à Saint-Cloud, à Rambouillet ou en Vendée ?

Car dans l'entourage du Roi, on avait émis l'avis de se retirer derrière la Loire avec l'artillerie de la garde royale.

Se ranimant aux souvenirs de sa jeunesse le prince voulait aller rejoindre son infortuné maître et seigneur, lui offrir le secours d'un bras qui pouvait encore, quoiqu'en tremblant, tenir une épée.

— La place d'un Condé disait-il est auprès du Roi à l'heure du danger.

Mais il avait à ses côtés une femme, une anglaise qui, après s'être fait faire des dons considérables en valeurs et en domaines, se prit à craindre qu'on ne les lui disputât après la mort de son bienfaiteur. Il lui fallait s'assurer contre une pareille éventualité la protection d'une famille puissante; par exemple celle de la famille d'Orléans. Mme de Feuchères voulut mériter cette protection en travaillant à décider le duc de Bourbon à adopter le duc d'Aumale. Elle y fut encouragée par Marie-Amélie en particulier. Des lettres furent échangées.

Le duc de Bourbon avait accepté le jeune prince pour filleul sans le vouloir pour héritier. Laisser l'héritage des Condé à une famille ennemie de la noblesse et de la monarchie, paraissait à l'ancien chef de l'émigration, une forfaiture. Il ne pouvait oublier qu'un d'Orléans conventionnel avait voté la mort de Louis XVI et qu'un autre d'Orléans avait combattu sous les drapeaux de Dumouriez.

Mais, d'une part, comment refuser sans insulte ce qu'on lui supposait si bien le désir de donner, et de l'autre comment braver les emportements de Mme de Feuchères, par l'entremise de laquelle lui arrivaient des remerciements anticipés ?

Le duc de Bourbon était peu propre à se tirer

d'une pareille situation. Plus une nature est droite et loyale, plus une lutte d'adresse et de ruse lui offre de difficultés. Cependant les ouvertures qui lui étaient faites avaient quelque chose de si effronté, de si impudent, qu'il ne put contenir son indignation et reprocha en termes très-vifs à Mme de Feuchères d'avoir, sans le consulter, entamé une négociation de cette nature avec Louis-Philippe. — Celui-ci tenait déjà le succès pour si assuré qu'il faisait rédiger par M. Dupin aîné, un projet de testament prêt à être présenté à la signature du prince !

Inquiet, irrité, le duc de Bourbon ne dormait plus.

— Ma mort, disait-il devant le baron de Surval, intendant de sa maison, est la seule chose qu'ils aient en vue!

Comprend-on tout ce que dut souffrir le malheureux prince? Harassé, mis à bout de forces par une incessante poursuite, il signa...

Mais cela fait, il craint pour sa vie. On l'avait entendu dire quelques jours avant :

— Une fois qu'ils auront obtenu ce qu'ils désirent, mes jours seront en danger.

Il veut faire coucher un valet de pied en travers de sa porte et il y renonce lorsqu'il apprend que le valet de service est une créature de Mme de Feuchères.

La fuite se présente à lui comme une dernière ressource. Il fait ses préparatifs de départ et charge le baron de Surval de se procurer les fonds nécessaires pour un long voyage...

Mais un testament n'est définitif qu'après la mort du testateur. Une fois parti et en possession de liberté, le prince pouvait changer ses dispositions.

Il fallait empêcher cela.

Le lendemain matin, 27 août, il était mort...

III

On le trouva dans sa chambre attaché à l'espagnolette de la fenêtre du nord par deux mouchoirs passés l'un dans l'autre. Le mouchoir de compression ne formait pas nœud coulant ; il ne pressait pas la trachée artère et se trouvait tellement lâche que quelques-unes des personnes accourues aux cris des gens de service, purent aisément passer les doigts entre ses plis et la tête. Les genoux étaient pliés, et, par leur extrémité, les pieds portaient sur le tapis ;

de sorte que, dans les souffrances aiguës qui
accompagnent la mort par strangulation, le
patient n'aurait eu qu'à se dresser sur ses pieds
pour revenir à la vie ; enfin Louis de Bourbon
avait le visage pâle et semblait dormir.

Un sentiment indescriptible s'empara des
assistants. Au milieu des sanglots et des gémis-
sements étouffés, un courrier du prince qui
avait voyagé et servi dans les arméés, Romanzo
cherchant à poser sa voix qui tremblait :

— Cela n'a pas bonne mine, dit-il en hochant
la tête. J'ai longtemps vécu en Turquie et en
Egypte comme employé au consulat de France.
J'y ai vu beaucoup de pendus. La pendaison est
le supplice ordinaire et il y a une potence à
chaque coin de rue : eh bien, toujours la figure
du pendu est, non pas blanche et pâle comme
celle de Monseigneur, mais noirâtre ; les yeux
sont ouverts ; le dedans de la paupière est
injecté de sang et la langue hors de la bouche...

Après avoir aidé à détacher le cadavre, et
s'être occupé à défaire le nœud de l'espagnolette,
ce qui fut difficile, tant ce nœud était artis-
tement fait et serré fortement. Manoury, le
valet de chambre de confiance du prince, ajouta
à son tour :

— Vous savez, messieurs, que par suite

d'un coup de sabre reçu à la guerre, Monseigneur était infirme de la main droite; que d'autre part une chûte de cheval lui avait cassé la clavicule, et enlevé si bien la liberté de ses mouvements, qu'il ne pouvait plus, depuis lors, élever la main gauche à la hauteur de sa tête...

— C'est assez connu, dirent ensemble les gens de la maison.

— Et qu'il fallait, reprit Manoury, lui mettre sa cravate.

— Et qu'il n'était plus capable, ajouta un piqueur, de faire ce qu'on appelle chez nous *le coup du Roi* qu'en se renversant en arrière.

Eh bien! messieurs, conclut Manoury, dites si c'est Monseigneur, infirme des deux mains, qui peut avoir fait le nœud savant que je viens d'avoir tant de peine à défaire !

La réponse fut unanime; elle écartait absolument l'hypothèse du suicide; elle dût consoler l'âme du malheureux prince.

L'examen de certains détails rentrant dans la compétence spéciale des gens de service imposait à leur esprit la conviction d'un assassinat.

Ainsi les pantoufles dont le prince se servait rarement, restaient presque toujours au pied de la chaise où il se déshabillait. Était-ce la main du vieillard qui, dans cette nuit funeste les avait rangées au pied du lit? L'usage constant de la femme et du frotteur qui faisaient le lit était de le pousser au fond de l'alcôve et il n'avait pas été dérogé à cet usage le 26 au soir. Qui donc avait éloigné le lit du fond de l'alcôve d'un pied et demi environ ?

Il y avait sur la cheminée, lorsqu'on était entré dans la chambre, deux bougies éteintes et non consumées : par qui avaient-elles été éteintes ? Par le prince ? Pour faire les préparatifs si compliqués de sa mort, il s'était donc volontairement plongé dans les ténèbres ?

La vieille montre d'argent savonnette était remontée : il comptait donc sur un lendemain !

Et puis mourir ainsi, sans laisser ni explication ni souvenir à ses gens dont il appréciait les services et le dévouement ! Il y avait là comme une impossibilité morale.

Quels soupçons d'ailleurs ce silence ne pouvait-il pas faire peser sur eux?

. . . .

Ils continuaient leurs expériences. Manoury se suspendait à l'espagnolette homicide, dans une position semblable à celle où l'on avait trouvé le prince et ne pouvait parvenir à s'étran-

gler. Son collègue Méry Lafontaine essayait,
au moyen d'un ruban très-mince, de ramener
du dehors le verrou de la chambre dans sa
gâche et il y réussissait parfaitement ! Qu'était-
il d'ailleurs besoin de cette démonstration? Le
docteur Bonnie, chirurgien du prince, n'était-il
pas là, déclarant d'une voix émue, que le verrou de l'escalier dérobé *n'était pas fermé*, —
on avait donc pu entrer par là? — et que
pour cacher cette circonstance terrible, Mme de
de Feuchères s'était rendue à la chambre mor-
tuaire par la route la plus longue, par le grand
escalier !

Aussi lorsque, le 4 septembre, le cœur du
duc de Bourbon dut être porté à Chantilly et
que l'abbé Pellier, aumônier du prince prononça
une oraison funèbre, dont le gouvernement em-
pêcha l'insertion au *Moniteur*, les assistants
recueillirent avec une émotion reconnaissante ces
paroles qui terminaient le discours : « Le prince
« est innocent de sa mort devant Dieu! »

Mme de Feuchères quitta précipitamment
Saint-Leu et vint à Paris. Pourquoi fit-elle,
pendant quinze nuits consécutives, coucher son
aumônier dans sa bibliothèque et Mme de Flas-
sans, sa nièce, dans sa propre chambre? Crai-
gnait-elle qu'une image funèbre ne se levât

devant elle dans la solitude de ses nuits ?

Pour faire diversion à ses terreurs, elle se livra à sa passion pour le jeu et gagna à la Bourse des sommes immenses — plusieurs millions dit-on ; — de quoi faire riches vingt familles d'honnêtes gens !

Pendant que les amis du prince le pleuraient et s'employaient à réhabiliter sa mémoire, les légataires prenaient possession des biens, et ils le faisaient sans appeler à la rédaction du procès-verbal dressé en cette circonstance, l'aumônier du prince, présent au château, et qui se tenait prêt à répondre à leur réquisition ; ils écartaient de l'autopsie le docteur Guérin, médecin ordinaire du défunt, et laissaient cette opération aux mains des docteurs Marc et Pasquier, familiers du Palais-Royal, qui la firent sans contrôle, et conclurent naturellement à la strangulation.

On n'avait eu garde non plus d'envoyer la moindre communication au prince Louis de Rohan.

Cet héritier du sang n'apprit que par les journaux la mort du malheureux parent, dont un testament ignoré lui enlevait l'héritage.

Tous ces détails étaient colportés et servaient d'aliment aux conversations des salons et de la rue.

On établissait un rapprochement injurieux
entre la catastrophe qui faisait disparaître le dernier des Condé, et la prospérité croissante de la
maison d'Orléans; on insistait sur la solidarité
d'intérêts existant entre cette maison et la baronne
de Feuchères.

Un moyen fort simple s'offrait à Louis-Philippe de faire tomber tous ces bruits : c'était
de renoncer purement et simplement à une succession qui contenait pour lui moins de gain
que de scandale.

Par là, il se mettait hors de cause et se
dégageait d'un dangereux contact. Un pareil acte
il est vrai devait être difficile à un prince qui,
par une mesure législative et contrairement à
l'usage constant de la monarchie, venait d'obtenir la réserve de ses biens propres et de s'en
faire reconnaître la propriété personnelle.

Il garda la succession, et la baronne de Feuchères, invitée à la cour, y reçut le plus gracieux accueil.

Il fallait bien cependant avoir l'air de faire
quelque chose pour l'opinion soulevée. On
commença une instruction judiciaire. Le conseiller rapporteur, M. de la Huproye prenait
sa mission au sérieux et paraissait résolu à
trouver la vérité. On lui fit savoir que, s'il

demandait sa mise à la retraite, son gendre aurait la place de juge qu'il sollicitait depuis longtemps. M. de la Huproye accepta et l'affaire fut enterrée.

Abandonnée au criminel par le ministère public, elle fut reprise au civil.

La famille de Rohan attaqua le testament par lequel M. le duc d'Aumale était institué héritier du dernier des Condé. Jamais procès ne fit une sensation pareille. Dans des plaidoiries remplies de faits accusateurs, M. Hennequin tira complètement le voile qui couvrait des détails hideux.

M. Hennequin était un homme de taille moyenne tout au plus, de figure intelligente avec des yeux pleins d'une flamme pétillante. Ses cheveux grisonnaient, et malgré son apparence chétive, sa figure pâle et sa voix asthmatique, les plaidoiries de trois heures ne l'effrayaient pas — il en avait tant à dire !

Il déroula le tableau des violences et des artifices qui avaient empoisonné les derniers jours du duc de Bourbon et vaincu sa faiblesse. Il trouva dans les sentiments bien connus du malheureux prince, rapprochés de la teneur du testament, les preuves de la captation, et dans l'impossibilité du suicide celles de l'assassinat.

Il fut éloquent et implacable. La lumière fut complète et, quand il eut fini de parler, il n'y avait plus, pour tout homme de bonne foi, qu'un crime dans la fin du dernier duc de Bourbon.

La manière dont il avait plaidé cette cause lui valut un siège à la Chambre des Députés. Il fut élu par un collége royaliste et alla siéger à côté de Berryer.

Tout Paris était allé l'entendre. Jamais l'enceinte de la Cour n'avait vu de plus belles toilettes.

Cette affaire, qui fut un des scandales du siècle, n'avait pas son retentissement dans Paris et dans l'enceinte du Palais seulement.

Des gens de province, dont l'avocat ignorait les noms et dont il n'avait jamais entendu parler, lui écrivaient des lettres en si grand nombre qu'il avait à peine le temps de les parcourir. Celui-ci lui soumettait un argument nouveau ; celui-là lui rappelait quelque circonstance oubliée et utile à sa cause : tous le félicitaient et l'encourageaient.

M. Lavaux pour Mme de Feuchères, et M. Philippe Dupin pour le duc d'Aumale, déployèrent tous deux un grand talent dans la défense ; mais on ne put s'empêcher de remarquer et de dire que, à des faits précis et articulés

avec netteté, ils n'opposaient que des explica-
tions tortueuses, et l'on se tint en garde contre
l'habileté de M. Dupin, faisant du procès une
manœuvre de parti, une vengeance essayée par
les royalistes contre le régime de 1830, et contre
le roi citoyen.

Pour combattre des faits confirmés par une
masse imposante de témoignages, il eût fallu
autre chose qu'un appel aux passions politiques,
dernier moyen de toutes les mauvaises causes.

Messieurs de Rohan perdirent leur procès
devant les juges; ils le gagnèrent devant l'opinion.

La mémoire de Louis-Henri-Joseph de
Bourbon fut réhabilitée. Les regrets qu'il laisse
après lui sont dégagés des soupçons flétrissants,
et le mot de l'abbé Pellier reste l'expression de
la vérité : « Le prince est innocent de sa mort
« devant Dieu! »

IV

Le fixé est un pastel de dimension réduite
qu'on aurait collé sous un verre convexe — genre
bien oublié, bien passé de mode! On obtenait

cependant de ce procédé de peinture des effets agréables. On peignait sur soie à la gouache — ordinairement des couchers de soleil, des vues de port, avec ruines, genre Joseph Vernet, et on collait cette peinture derrière un verre convexe.

C'était fort en vogue à la fin du dernier siècle et au commencement de celui-ci. On traitait ainsi toutes sortes de sujets en couleurs ou en camaïeu : urne funèbre qu'une femme, à l'ombre d'un saule-pleureur, tient embrassée; colombes se becquetant sur un autel où brûle le flambeau de l'hymenée; cœurs posés sur un cippe et réunis par une chaîne de fleurs : les *mortels sensibles* exprimaient ainsi leurs regrets ou leur tendresse.

Les fixés de petite dimension se montaient comme des bijoux. Quand on voulait y mettre du luxe, on les entourait d'une bordure de perles minuscules : c'était extrêmement joli.

Des artistes de talent n'ont pas dédaigné le fixé, mais ils se sont exercés, comment dirai-je ? à la dérobée, clandestinement à ce genre qui tient de la bijouterie autant que de la peinture. Parmi ces peintres, il faut citer Fragonard. Je n'ose nommer Greuze; mais s'il n'y a pas travaillé lui-même, le fixé s'est approprié plusieurs de ses compositions en en augmentant la grâce.

Le fixé de dimension moyenne, joue un rôle assez effacé. Rien ne le distingue beaucoup de la gouache ordinaire, du dessin au lavis ; il n'a aucune fonction que ne puisse aussi remplir un de ces genres-là.

Il n'en est pas de même du fixé de petite dimension, de celui qui se monte en broche, en breloques, ou en *boutons d'habit*.

C'était vers 1836. Le chercheur doit toujours veiller. Quand il voit une maison qui se vide, qu'il s'arrête et regarde. Il se soustraira par là aux intermédiaires et évitera les fourches caudines du revendeur. Que de choses d'ailleurs lui échapperaient s'il écoutait les vains scrupules du décorum ; si sa grandeur l'attachait au rivage !

Au milieu de la rue Saint-Dominique, la porte cochère d'une maison de belle apparence et bien connue, était ouverte à deux battants.

On entrait, on sortait librement ; on discutait à voix haute et, du vestibule, on entendait des pas nombreux retentir aux étages supérieurs.

On voyait que la mort avait passé par là. Elle était entrée laissant derrière elle les traces de son effraction.

C'était une vente après décès.

La première figure que j'aperçus, fut celle de Brugayrol.

Brugayrol était un homme vigilant, assidu à ces sortes de réunions. Il attendait aujourd'hui que, toutes les choses de prix étant vendues, arrivât le tour de la ferraille et des chiffons.

Il s'approche ; nous montons ensemble, afin de visiter l'exposition ouverte avant la vente. Le public était le maître céans et il le faisait bien voir.

Je traverse de vastes appartements encombrés de meubles meublants, presque tous de l'époque du Directoire, et de formes rectilignes. Ces meubles-là n'avaient alors aucune faveur.

— Passons! dis-je à mon cicerone.

— Attendez! me répondit celui-ci.

En furetant partout, il avait découvert une petite chambre peu éclairée donnant sur la cour, où se trouvaient toutes les vieilleries, tous les rebuts, toutes les choses indifférentes aux riches marchands de meubles et ne pouvant intéresser que lui ou moi : énorme manchon en ourson du Canada, à la mode pour les hommes vers l'an 1788, cannes à la Vendôme, chapeau à la Saint-Preux.

Du plafond pendaient plusieurs mannequins en osier, sur chacun desquels bouffait une immense robe à paniers, robe de grand'mère qui se transmettait en ligne féminine de génération en génération, et indéfiniment. Il y en

avait de rouges ponceau ; il y en avait de vertes ;
il y en avait de jaunes ; il y en avait d'azur
pâle avec bouquets brochés au naturel, — provenant toutes de ces fabriques de Lyon, créées
et encouragées par le grand roi et par son ministre Colbert, — chefs-d'œuvre qu'on n'essaie plus
de refaire.

Ces tissus épais et résistants comme du maroquin, ces robes qui valaient, je veux dire qui
avaient dû coûter mille écus pièce, égayaient
fort Brugayrol.

— Ah ! dit-il d'un air dédaigneux la robe de
ma tante Aurore ! Comme c'est lourd ! Pourquoi
mettre tant de soie dans un tissu ? voyez ajouta-t-il
soupesant une robe jaune brochée de roses
blanches et ornée de fortes draperies à la jupe,
cela pèse je parie plus de huit kilos avec les fal-
balas !

J'en tombai d'accord en moi-même, tout en
me promettant cependant de ne pas laisser passer toutes ces robes en des mains étrangères.

Je n'avais plus rien à voir. Quel intérêt présentaient les garde-robe d'hommes : carricks
noisette à un ou plusieurs collets, culottes de
soie de toutes nuances, souliers à boucle, bottes à revers, dépouilles d'une génération qui a
commis de grandes fautes, mais qui les a expiées
noblement...

Brugayrol palpait, fouillait encore.

— Pour le coup, fit-il, décrochant un vête-ment du porte-manteau, voilà bien pour quel-qu'un qui voudrait aller au bal masqué!

Et en effet, en cherchant à y faire entrer son gros corps, le lourdaud était fort ridicule.

C'était un habit de soie à gros grains et à plein la main, de fabrication lyonnaise comme les robes.

Il était rayé à raies perpendiculaires de vert et de blanc, de largeur égale les unes et les autres; collet à la Saxe, taille un peu longue, basques modérées, poches en travers.

C'était un habit de ville, un habit de prome-nade, comme on les portait vers 1784 : on savait encore en ce temps là, être excentrique sans mauvais goût et sans mauvais ton.

En y réfléchissant, je croyais savoir à qui avait appartenu cet habit; j'aurais cependant passé outre si Brugayrol, renonçant à introduire sa massive personne dans ce vêtement, n'eut appelé mon attention sur les boutons dont il était orné. Chacun d'eux était un *fixé* de la grandeur d'un écu de six livres.

Il y en avait six, sans ceux des manches. Sur chacun d'eux était peint un sujet emblématique. Dans le bouton du haut, des amours potelés jouaient au milieu des roses; un peu plus bas c'était un petit chien aux longues soies, de l'espèce *King Charles*, portant au cou un nœud de frais rubans; ici c'était un bouquet de pensées, ailleurs un bouquet de lys.

Je ne me trompe pas : vous aviez porté cet habit, Virieu, vous qui avec d'autres courageux citoyens, organisâtes la résistance de Lyon! Vous vouliez soustraire cette noble ville au joug odieux de la Terreur, et vous payâtes de la vie vos généreux efforts; vous fûtes guillotiné en bonne compagnie sur la place des Terreaux, en 1793. Ce vêtement est la dépouille d'un martyr...

Quelques robes de soie et l'habit vert formèrent un lot que Brugayrol se fit adjuger pour mon compte.

Un vaste canapé et six fauteuils ont été couverts avec les robes, et les boutons, détachés de l'habit, me forment une petite série de fixés des plus jolis, des plus mignons auxquels s'attache un souvenir douloureux et doux.

XV

Les émaux. — Petitot. — La miniature.

I

C'est une grande chose cette petite chose-là, et aussi remarquable par la variété de ses applications que par sa pérennité! On retrouve de l'émail dans les ruines de Thèbes et de Ninive. L'émail résiste aux ans et aux intempéries; il brave la pluie et le soleil. Les siècles sont sans action sur sa substance toujours brillante, toujours neuve. Si l'éternité était de ce monde elle serait le lot de l'émail.

L'émail tient à ce qu'il y a dans l'art de de plus grand.

La mosaïque lui demande beaucoup de ses couleurs; elle lui emprunte ces dés d'or dont elle forme les fonds que l'on voit aux tableaux des voûtes de l'église patriarchale de Saint-Marc à Venise et à celles de Saint-Pierre et de Saint-Jean-de-Latran, à Rome.

Par sa participation à des copies dont les originaux peints à la fresque sont en train de périr, l'émail fait à ces belles œuvres une part de son immortalité.

Les émaux sont encore employés en revêtements et en dallages. On sait quel rôle ils jouent dans l'ornementation extérieure et intérieure des édifices de l'Orient.

Ils sont partout : dans les mosquées, dans les salles de bain, dans les préaux.

Ceux que l'on a tirés de l'Alhambra et qui font partie de la collection du Louvre, sont des chefs-d'œuvre de l'art d'associer les tons. Il y a dans la même collection des émaux italiens que l'on employait en lambris et qui sortaient des fabriques de la haute Italie, Forli ou Ravenne.

Les émaux de France tiennent un rang distingué et ce grand architecte qui s'appelait Duban a passé de longues années à rechercher le procédé de fabrication de ceux qu'il avait retrouvés à la Sainte-Chapelle.

Le connétable Anne de Montmorency en fit

placer à Écouen qui sont cités comme les modèles du genre.

Mais je crois qu'on ne trouverait rien à comparer à ceux qui viennent de la chapelle sépulcrale des rois de Sicile, de la dynastie normande, qui se voient encore dans l'église de Palazzoreale, à Palerme, et dont le regretté M. Ch. Le Normant voulut bien me communiquer une copie. On n'a jamais approché de cette richesse de combinaisons.

C'est vieux de dix-sept siècles et cela brille d'un éclat, d'une splendeur qu'on n'imaginerait pas. Quels sont donc les auteurs de cette merveille ? La Sicile était peuplée de Grecs : ce sont sans doute des Grecs habitués à décorer les temples, les palais de la magnifique Bysance.

Je ne m'occupe pas de la majolique que l'on imite aujourd'hui si bien; j'arrive à l'émail vulgaire, c'est-à-dire à ces petits tableaux peints sur cuivre, au moyen de couleurs au feu sur lesquelles on étend une *couverte*, produits d'un art peu perfectible et rappelant en bien des points, entre autres par le manque plus ou moins complet de perspective, les produits laqués des chinois. Là, comme ici, il faut faire petit pour faire joli : les essais pour amplifier les

proportions des sujets n'ont eu qu'un succès
médiocre.

Chez nous, on achète les émaux par vanité.
Rien qui vous pose en connaisseur comme la
possession de quelques émaux cloisonnés.

En matière d'émaux il n'y a jamais eu un
vaste champ pour les aventures, pour les découvertes. Cet objet d'art s'est toujours payé son
prix.

L'enfant du Cantal le recherchait peu; il en
avait comme peur. C'était inabordable pour lui,
les amateurs attitrés maintenant hauts les cours
de cet objet de curiosité à la Bourse des valeurs
artistiques.

Les émaux qui ornaient le château de Madrid,
et qui figuraient dans la collection de M. Didier-
Petit, — vous connaissez l'axiôme de droit « en
matière de meubles, possession vaut titre » —
sont peut-être les plus beaux qui aient jamais
attiré le regard d'un amateur.

Ils représentent des divinités, des nymphes
chasseresses, et sont d'une grandeur inusitée.
On les dit dessinés par le Primatice, et la
beauté de leur style permet de le croire. L'architecte créateur de Chambord a voulu sans doute
décorer d'une façon brillante et originale, le
château que le roi chevalier s'était fait construire

dans le bois de Boulogne et dont le nom —
pensée toute philosophique — rappelait le souvenir de sa captivité.

Par le style, par la composition, par la réussite
parfaite de la cuisson, rare pour des pièces de
cette grandeur, ces émaux sont des objets d'art
hors ligne. Ils parurent à la salle des ventes
vers l'année 1840. Il y eut foule. Le feu des
enchères fut très-nourri. Les émaux de Madrid
atteignirent des prix fabuleux. Ils se perdirent
dans les nues. On dit qu'ils sont redescendus en
Angleterre.

Les émaux de l'époque de François Iᵉʳ, de
Henri II et des derniers Valois sont en général
durs, crus et peu riches de tons. On s'aperçoit
en les voyant, que l'artiste ne dispose encore
que de ressources limitées.

Les figures et les membres sont indiqués par
des traits; mais il n'y a ni relief ni demi teinte.
Les couleurs sont juxtaposées. Elles se heurtent.
Cela rappelle encore trop la faïence.

Enfin Malherbe vint...

Petitot est le Malherbe de l'émail. Il le tire
des langes où le tenaient les Ronsard limou-
sins. Petitot marque un progrès notable dans
l'art de l'émailleur. Il a fait les portraits de la
famille de Louis XIV et des dames de la cour,

et ce sont des portraits. Il y a des ressemblances, chose toute nouvelle.

Malgré la physionomie française du diminutif qui termine son nom, Petitot était un étranger; ce n'est point Limoges, la reine de l'émail, qui nous l'envoya; c'est la Flandre.

Avec Petitot, qui appartient à la première moitié du règne de Louis XIV, l'art se transforme. Il y a des plans, des contours et des demi-teintes. La palette de l'artiste ne connaît plus l'ancienne indigence. L'émail quitte ses vieilles formules pour devenir un art moderne. Grâce aux progrès de la chimie, Petitot peut mettre au feu toutes les couleurs essentielles pour la carnation, pour les costumes et les accessoires.

Un émail de Petitot est suspendu à ma cheminée, portrait de la maréchale de Navailles, dont le nom est écrit en lettres d'or, en exergue, autour de l'ovale, de la maréchale de Navailles, qui, si l'on en croit le duc de Saint-Simon, prenait très au sérieux, même contre le roi, ses fonctions de gouvernante des filles d'honneur de la Reine.

Je ne dois à aucune découverte la possession de ce joli portrait, qui a l'aspect et la dimension d'une miniature. Il était à la devanture d'un marchand bien connu de curiosités de la rue Mazarine. Je l'aperçus, j'en eus envie et je l'achetai pour soixante francs : c'était son prix alors — c'est-à-dire il y a quarante ans.

Et dussé-je me répéter, je dirai : c'est une grande chose cette petite chose-là ! Quand toutes les peintures auront disparu, qu'il n'y aura plus ni toiles ni panneaux, les émaux survivront. Ceux de Petitot nous apprendront que Louis XIV a porté la moustache et la royale jusqu'à l'âge de quarante ans, que la duchesse de Bourgogne mettait des mouches. Par ces émaux on connaîtra la nuance des cheveux de madame de La Vallière; on saura au juste quel était ce blond si discuté !

Quand les murs qui les supportent seront tombés par terre, les émaux, comme ces dents, émail humain que l'on rencontre, blanches et brillantes dans le sol des cimetières, se retrouveront aussi dans les ruines de Versailles ou de Marly, et ce seront des témoins.

Voilà la valeur et les mérites de l'émail, voilà sa gloire !

15

II

La miniature a eu le sort des *fixés* : elle est passée de mode. C'est cependant chose artistique celle-là et qui méritait de vivre.

J'ai hasardé un bout de théorie sur l'influence des *supports* en matière d'art. Les jolies petites feuilles d'ivoire sur lesquelles opérait patiemment, longuement, amoureusement le pinceau microscopique d'un Isabey, d'un Desàint, d'une Mirbel ou d'un Le Court, ne sont-elles pour rien dans le charme de leurs œuvres ?

La miniature est un art complet, possédant toutes les ressources de la grande peinture. Il n'y a pour elle d'impossibilités ni dans la pénombre, ni dans les contours, ni dans les nuances. C'est le premier des arts secondaires.

J'étais retourné plusieurs fois chez mon homme de la rue des Poulies, de qui je tiens mon service en porcelaine du Japon, ainsi qu'une pendule de Boule, style Louis XIV, et j'y avais remarqué une quantité de miniatures, de camaïeux, tout cela confus, nombreux et à bon marché : colonels, gentilhommes de la Chambre, guides de l'Empereur, mousquetaires de la Restauration, jolies femmes dans le costume succint du directoire, avec des boucles de cheveux tombant sur les yeux.

Dans le nombre, je distinguai une bonne figure d'homme. Le costume était du milieu du règne de Louis XVI, l'homme était un grand seigneur, un prince...

Mais ce visage et surtout cette Toison d'or que lui a donnée son beau-père l'archiduc d'Este... c'est le duc de Penthièvre.

Le plus honnête homme de son époque avec le roi, le père de cet ange de vertu qu'on appelle S. A. S. Madame la duchesse d'Orléans, douairière.

C'est le prince le plus riche et plus aumônier de l'Europe !

Ceint d'un tablier blanc, ne l'a-t-on pas vu distribuer la soupe aux indigents qui arrivaient en foule à son château de Sceaux?

La Révolution a heurté ces modestes et belles vertus; elle l'a laissé pourtant mourir de sa belle mort, avec les épaulettes de colonel de la garde nationale...

Ce portrait devait être un don de lui.

On voit encore la place vide des pierreries dont il était entouré.

— Combien ce portrait, Rigal?

— C'est vingt francs, me répondit le brave homme, étonné lui-même de son audace.

Cela valait bien davantage, mais comme je ne voulais pas gâter le métier, — il s'est bien assez gâté tout seul,

— Voilà dix francs, dis-je au marchand, en lui mettant dans la main deux pièces de cent sous; et, fort de son silence que j'interprétais comme un consentement, j'emportais ma miniature...

C'est une belle miniature très-soignée. Dix francs! et quand je pense que celles de Mme de Mirbel se sont payées, c'est au vu et au su de tout le monde, jusqu'à dix mille francs! et elles les valaient, c'étaient de petits chefs-d'œuvre; elles valaient cette somme aussi bien que le plus grand portrait à l'huile!

La miniature se meurt. La photographie lui a succédé, — je ne dis pas l'a remplacée. Une chose n'est remplacée que par son équivalent. Or ce n'est pas ici le cas. Le métier n'est pas l'art, la chimie n'est pas la pensée.

Il te manque l'interprétation artistique, trop heureuse photographie! *Ut pictura poësis*. Tu n'es qu'une reproduction servile. On présente à ton objectif un homme vivant, pensant, et tu nous rends un cadavre. Le soleil de qui tu tiens l'être, ne t'a départi qu'une moitié de ses dons. Tu as la lumière avec ses dégradations; mais la couleur t'est refusée : la couleur, cet attribut précieux sans lequel il n'y a pas de vie — je néglige à dessein tes essais de polychrômie qui n'ont encore rien produit de concluant..... Bien plus, comme la lumière détruit ses œuvres, dans un siècle il ne restera rien des plates figures et des laideurs de toute sorte où tu te complais, interprète trop véridique!

Sur ces réflexions que j'avais faites en enveloppant dans mon mouchoir l'image du duc de Penthièvre, j'allais prendre congé du vieux Rigal lorsque, après avoir plongé une dernière fois ma main dans le tas de miniatures, et passé encore en revue mes roués du Directoire, mes capitaines de la garde nationale :

— Quelle est donc cette figure? dis-je en suspendant mes recherches. Je l'ai vue quelque part... ah! j'y suis. C'est bien lui! Il n'est pas encore chauve; mais ses cheveux ont le même pli que le toupet qui leur a succédé. C'est sa bouche un peu rentrée; ce sont déjà ses favoris..... Mais que l'habit vert olive et le parapluie sont encore loin! Le voilà en militaire : uniforme blanc, brandebourgs en or, profusion de larges broderies, culotte collante avec trèfles remontant vers les poches. Il est magnifique dans son uniforme de colonel général des hussards, ce premier prince du sang qui sera plus tard le roi citoyen. Quelle aubaine! Trouver si près l'un de l'autre, l'aïeul et le petit-fils!

— Encore celui-là! dis-je; Rigal, je me ruine chez vous!

Et je mets deux nouvelles pièces de cinq francs dans sa main, dont les doigts se referment automatiquement sur le métal.

Mais la miniature est donc finie, qu'elle se donne ainsi pour rien!

La question de la miniature est plus grosse qu'elle ne le paraît : elle a une portée politique.

Si la miniature vient à disparaître, comment feront les souverains pour offrir en cadeau des tabatières ornées de leur portrait et enrichies de diamants?

Il est vrai qu'on ne prend plus de tabac.

La tabatière est un legs de l'ancien régime comme le jabot, comme les manchettes, comme la canne à pomme d'or.

Le grand Frédéric, Napoléon, Voltaire ont prisé. De nos jours fumeraient-ils? Je n'ose me prononcer. Mais lorsque je lirai dans le *Journal officiel* que le grand duc de Dalécarlie, pour témoigner à M. Ranc, à M. Challemel, ou à M. Gambetta toute sa bienveillance, lui a envoyé un étui à cigares, orné de sa photographie, je désespèrerai de mon époque, cet étui fut-il bourré de cigares exquis!

XVI

Sujets de chasse. — Oudry. — Paul Bril. —
Une Vierge anonyme.

I

C'est un parisien, jovial et bon garçon —
un *enfant de la balle*, comme on les appelle
dans les ateliers — il a pour père un peintre,
marchand de tableaux; c'est aussi un homme
avisé qui connaît le goût du jour et qui s'y
conforme sans objection. Il se dit qu'il n'y a
pas grand profit à faire de la peinture historique; qu'assez d'autres s'en occupent; et,
quoiqu'il s'y fût lancé non sans quelque succès
et qu'il eût conquis sa place d'académicien par
un tableau allégorique, *l'Abondance,* il se hâte
de changer de voie.

Entre les choses qui plaisent au Roi, que les princes aiment, que les grands seigneurs affectionnent, il y a les dames ; il y a aussi les chevaux et les chiens : tout l'attirail brillant et tumultueux de la chasse ; il y a le gibier à poil et à plume, les cerfs, les faisans, le sanglier ; il y a les oiseaux étrangers, les meubles rares, les tapisseries, les marbres, les vases qui attirent le regard, et sont, dans une société raffinée, un des éléments de la vie : il leur consacre son pinceau.

Un mot de colère que lui adresse son maître achève de l'y engager. Un chasseur s'était présenté pour modèle — Oudry faisait alors le portrait — mais il veut poser en chasseur avec son équipement, son arme et son chien.

Pourquoi non ? se dit Oudry. Il fait le portrait comme on le lui demande, et qu'arrive-t-il ? c'est que le meilleur de son travail n'a pas été pour l'homme. Il y a là un épagneul aux longues soies blanches mouchetées de brun, admirablement rendu. Le bel animal respire, ses yeux verts et intelligents vous regardent : il va parler !

Examinant cette œuvre, Largillière, qui portait si haut le respect de la majesté de l'homme, sent bouillonner son sang et, moitié ironie moitié colère, jette au visage de son élève ce mot indigné : « Tu es un peintre de chien ! »

Oudry se le tint pour dit, comme font l'*Union* et la *France nouvelle* lorsque M. Ferry leur notifie quelque chose. Il se tourna vers le genre de peinture qu'il n'a pas créé sans doute, mais qu'il a singulièrement élargi : *trahit sua quemque voluptas.*

Une autre circonstance vint le pousser encore plus avant dans la voie nouvelle.

Le czar Pierre Ier, empereur de Russie, était à l'opéra dans la loge du duc d'Orléans régent ; on avait levé le rideau et la pièce commençait. Il posa ses bottes sur l'appui de la loge, se renversa dans son fauteuil, s'endormit et se mit à ronfler — mais à ronfler comme ronflent les phoques de la Néva.

Cela faisait basse continue à la musique du ballet de *Circé*, que dansaient en ce moment les artistes ordinaires de Sa Majesté.

M. le Régent, Madame la Régente et leur fille, Madame la duchesse de Berry souriaient un peu. Les loges voisines se contentaient aussi de sourire avec indulgence et les clercs du parterre de regarder ; lorsque, dans un mouvement que fit le dormeur, un de ses pieds glissa et vint frapper le parquet, où malgré l'épaisseur des tapis il se produisit un résonnement sonore. Le czar s'éveilla.

— De la bière ! cria-t-il en se frottant les yeux et comme s'il se fût cru encore en Hollande, parmi les calfats du port d'Amsterdam.

Il faut bien croire cette histoire puisque c'est Saint-Simon qui la raconte.

L'homme de fer voulut avoir son portrait. On lui avait parlé d'Oudry, alors le meilleur élève de Largillière. Il le fit mander ; Oudry vint au Louvre où le monarque étranger trouvait une hospitalité magnifique ; ses élèves et ses aides portaient son chevalet, ses couleurs et ses pinceaux. Il arriva, souriant, gracieux — l'amabilité, les menus propos sont dans le programme des portraitistes ; ils doivent tout faire pour alléger à leurs modèles cette corvée de plusieurs heures de pose.

Le modèle ici avait un extérieur rébarbatif : énormes moustaches et sourcils roux, culotte et jaquette en peau de buffle, cuirasse et casque en fer. Il était difficile avec de pareils éléments de faire quelque chose d'élégant, de coquet, à la mode du jour. Oudry ne l'essaya pas. Il copia ; il employa son singulier talent d'imitation, et il fit une sorte de Croquemitaine.

Le czar n'aimait pas sans doute la flatterie ;

il tenait à ce que la postérité fût fixée sur son extérieur.

Les séances se multipliaient et se prolongeaient. Pierre était content de la peinture et du peintre dont il appréciait l'enjouement discret.

Un certain nombre d'officiers moscovites se rangeaient autour de lui et restaient debout, pendant toutes les séances. Ils étaient armés jusqu'aux dents, fourrés jusqu'aux yeux — et des barbes ! — tout poil et tout acier !

Le czar usait d'un sans-gêne oriental, auquel notre peintre avait dû s'accoutumer : c'était quelque chose d'inouï, de tout asiatique.

Le portrait était frappant de ressemblance : lion et sanglier, Oudry savait si bien peindre les animaux !

Il avait rendu tout avec la plus exacte vérité; il avait fait le portrait que nos graveurs ont vulgarisé.

Quand l'œuvre fut terminée, Pierre fit entendre un grognement de satisfaction, répété en sourdine par les officiers.

Oudry était là debout, souriant et attentif.

— C'est bien ! dit le czar de sa voix caverneuse, vous avez du talent et votre caractère me plaît; vous êtes un homme aimable !

Oudry s'inclina.

— Je veux vous donner à peindre le czare-witch, la czarine, les czarewnas et leurs enfants. Il est naturel que les portraits de famille soient tous de la même main.

— Sire..., dit Oudry qui devenait soucieux.

— J'ai, continua le czar, toute une caravane à emmener avec moi : trois ingénieurs maritimes hollandais, deux mathématiciens d'Angleterre, un astronome allemand ; une troupe d'acteurs, un maître de danse et six cuisiniers français : vous serez du voyage !

— Mais... sire, voulut objecter Oudry, qui ne souriait plus.

— Comment, mais...? dit le czar en se levant et en faisant à travers ses sourcils de gros yeux à l'artiste.

— Je ne puis qu'être extrêmement flatté, en ce qui me concerne, des projets que votre Majesté daigne former.... mais....

— Allons au fait ! vous êtes extrêmement flatté et cependant ma proposition n'a pas le don de vous agréer.

— Sire....

— Et vous la rejetez!....

Ici, un grognement sourd partit du groupe des officiers.

— Et vous en faites fi !

Le grognement ici s'accentua et il sembla au peintre que plusieurs de ceux qui le faisaient entendre portaient la main à la poignée de leurs grands sabres.

— En vérité, Sire, balbutia Oudry qui était d'un caractère un peu pusillanime et qui perdait la tête, je suis flatté, reconnaissant, fier... mais...

— A la bonne heure ! (ici un grognement satisfait répercuté par l'assistance) Eh ! bien c'est entendu. Faites vos préparatifs ; tenez-vous prêt. J'enverrai un de mes chambellans vous avertir du jour du départ.

Quand il fut hors du Louvre, Oudry se livra à tout son désespoir. On eut eu de la peine à reconnaître en lui l'homme souriant et jovial de tous les jours. Le rose de ses joues était presque effacé.

C'est que des réflexions plus que sérieuses se présentaient à lui.

Les monarques du nord avaient en France une sinistre réputation. Ils passaient pour user de procédés très-sommaires et très-barbares quand on contrariait leurs volontés.

Christine de Suède qui n'était qu'une femme en avait eu bientôt fini avec Monaldeschi. Elle l'avait fait poignarder à Fontainebleau sans cérémonie...

— Que ne fera donc pas le czar qui n'en a pas beaucoup, lui non plus, de cérémonies...? se demandait l'artiste.

— Je sais bien, continuait-il, que Monaldeschi était un étranger. C'est pourquoi le gouvernement français laissa faire la reine et dut se renfermer dans une abstention désapprobative devant le crime qui se commettait sur son territoire. Si Monaldeschi eût été français, notre gouvernement avait d'autres devoirs et les eut remplis, sans doute...

« Sans doute » ne répondait pas tout à fait à la pensée du peintre qui avait le frisson en songeant aux boyards et à ce dont ils semblaient devoir être capables.

— Mᵣᵣ le Régent et le cardinal Dubois, s'avouait-il, auraient bien souci de moi ! Si des complications diplomatiques devaient naître à mon sujet, ils aimeraient mieux me livrer... ou me laisser prendre...

Arrivé chez lui, il continua sa méditation et s'arrêta à deux résolutions dont il voulut sur le champ exécuter la première.

Il s'approcha de la fenêtre et regarda dans la rue. Le temps était beau et froid. C'était une piquante journée d'avril. L'artiste eut le frisson, surtout quand il aperçut deux boyards causant à voix basse, et qu'il crut les voir regarder fréquemment sa maison et en prendre le signalement.

— Un enlèvement! se dit-il pâlissant de plus en plus, et cette fois tout en colère. Eh! bien oui, je vais faire mes préparatifs de départ; mais ce ne sera pas pour le pays des ours blancs..... je ne fais plus de portraits!

Et il partit pour l'Italie.

Depuis cette époque il ne fit plus d'autres portraits que ceux des personnages qu'il plaça dans ses tableaux de chasse.

Il se trouva bien du genre de peinture qu'il avait adopté. C'était un filon d'or.

Le roi de Danemark, sur les indications de son ambassadeur à Paris, le comte de Tessin, lui fit des commandes considérables; le duc de Mecklembourg poussa l'enthousiasme jusqu'à ajouter une aile à son château de Ludwigslust, afin d'y loger les tableaux qu'Oudry avait promis de lui faire.

Ce fut en Allemagne une véritable fureur. Les princes et les comtes du Saint Empire ornèrent leurs châteaux de pièces originales, et à tout le moins de copies d'après Oudry; les recueils allemands pour les écoles militaires, s'enrichirent des études d'Oudry sur l'*hippiatrique*.

Cette folie de la peinture de sport, partie de France, y revenait, accrue de la force qu'elle avait acquise de l'autre côté du Rhin.

— Nous voulons que vous Nous suiviez à la chasse, lui dit un jour le Roi, enchanté de son dernier tableau, représentant un chien braque, en arrêt ferme devant un faisan tiré par Sa Majesté, dans le parc de Versailles.

Et Oudry, nommé peintre du Roi et se regardant comme attaché à la personne royale, accompagnait partout la cour. Il avait son logement, deux chevaux, et qui sait, peut-être le droit de *committimus!*

Les bontés du Roi en le stimulant, lui inspirèrent un chef-d'œuvre.

Le tableau représente Louis XV à cheval au milieu de douze seigneurs, et accompagné de plusieurs officiers de vénerie. Le cerf est au débuché, le cor sonne; le Roi, placé en tête de la chasse, lance au galop son cheval bai-brun et se retourne pour sourire au spectateur; les autres veneurs serrent de leurs éperons les flancs de leurs fins chevaux allemands à la croupe mouchetée; à terre s'agite tumultueusement les queues en l'air, le nez en bas sur la piste, la tourbe intelligente des chiens de meute ; dans un coin du cadre, Oudry, lui-même à cheval, vêtu de la livrée des chasses comme le Roi, et, le crayon en main, s'apprête à saisir les incidents de la journée qui promet d'être brillante.

Tout est portrait dans ce tableau : les hommes, les chevaux et les chiens. Le Roi les reconnaissait, au grand contentement du peintre :

— Voilà Miraut, disait Sa Majesté ; cette grosse lice est Minette ; et comme ce petit Cléraut est ressemblant !

Les seigneurs se reconnaissaient et reconnaissaient leurs chevaux que le peintre avait traités magnifiquement.

Ce qu'il a fallu d'études pour arriver à faire ce tableau est immense, effrayant. Un tableau d'histoire n'eût exigé ni un pareil travail, ni ce soin, ni ce scrupule.

Oudry, choyé arrive à tout. C'est lui qui tient vraiment le sceptre de l'art. On le met à la tête des manufactures des Gobelins et de la Savonnerie, puis de celle de Beauvais, et il y grave tout de suite sa puissante empreinte.

A compter du jour où il y est entré, ces établissements, qui sont une de nos gloires, reçoivent tout de lui. Tentures d'appartements, fauteuils, canapés, chaises, tapis, tout est de sa main.

Aussi fit-il fortune, ce peintre-là — un peintre faire fortune ; est-ce assez singulier ! — et laissa un riche héritage à son fils, peintre lui-même et attaché à la personne du prince Charles de Lorraine, gouverneur des Pays-Bas.

Il y en avait partout des tableaux d'Oudry : à Versailles, à Marly, à Choisy, à Compiègne, à Chantilly, belles résidences auxquelles par malheur le peuple souverain vient quelquefois rendre visite.

Oudry a placé dans ses compositions des hommes, des chevaux et des chiens ; rarement des dames.

Cependant, sur le quai Saint-Michel, dans un carton de gravures et de dessins, je trouvai par un beau jour de printemps, une toile enduite de vernis et de poussière, au point qu'on n'y démêlait rien. En frottant un peu cependant, des arbres apparurent, et puis un gazon, et puis des nappes sur le gazon, des laquais et enfin des dames.

Qu'est-ce ? N'importe. Si l'on attendait à avoir tout vu pour se décider, on manquerait les meilleures occasions. Il faut deviner ! trop d'étude de l'objet, trop de temps donné à son examen, attirent l'attention du marchand et lui font concevoir des espérances insensées.

D'ailleurs il ne s'agit pas ici d'une acquisition à chers deniers. Je paie, je prends et je pars.

Après avoir fait chez moi subir à la petite toile les préliminaires de nettoyage usités, je vois distinctement le sujet : c'est une halte de chasse.

A un carrefour de forêt, sous des hêtres de haute futaie — cette essence est dominante dans la forêt de Compiègne — des cavaliers et des dames sont assis à l'ombre. Sur le gazon des nappes ont été déployées et on a étendu sur ces nappes toutes sortes de mets, des pâtés dorés et ma foi très-appétissants, affectant des formes architecturales; des colonnades, des corniches, des dômes ; puis des fruits, des flacons.

Les coupes sont tendues vers les échansons et ceux-ci, superbes valets aux perruques bouffant sur les tempes, aux galons sur toutes les coutures, les remplissent d'un liquide écumant. Les veneurs sont là, faisant leur cour aux dames et tenant à côté d'elles, leur place au festin champêtre.

Leurs chevaux qui ne sont pas loin, piaffent, attachés aux pieds des arbres.

Les chiens sont couplés et surveillés au repos

par des piqueurs aux vastes chapeaux et à la trompe passée en sautoir autour du corps.

Il y a là vingt-cinq personnages dans les attitudes les plus variées.

Des phaëtons en forme de vaisseau, en forme de cygne, en forme de coquille, qui ont amené les dames, sont dételés et laissent voir leur garniture, leurs coussins en satin rose, vert céladon ou bleu de ciel.

Rien n'y manque : c'est à rendre jaloux les plus fins viveurs de notre temps.

Notre dernier monarque s'y était pris. Il avait adopté pour ses chasses le tricorne à plume et la livrée ; mais tout le monde n'a pas la taille, la mine et l'air royal de Louis XV. Et puis la perruque sire, la perruque ! et la poudre neigeant légèrement sur le collet de l'habit : il n'y a rien de tel pour aller avec le vieux costume à la française.

On passe à l'état de pastel vivant.

Avec des moustaches teintes, maintenues en pointe horizontale par le cosmétique hongrois, avec des cheveux collés sur la tempe on n'arrive qu'à un pastiche incomplètement réussi.

Le petit tableau ou plutôt l'esquisse dont j'ai fait la découverte, image multiple du bonheur et du bonheur sans souci, est la pensée première d'un tableau qui devait être exécuté plus tard et qui, je crois, ne l'a pas été. Oudry s'est amusé à jeter sur cette petite toile oblongue une pensée demeurée sans réalisation.

On y retrouve ses procédés de peinture, sa manière heurtée, ses crudités de couleur, son exécution un peu commune, son pinceau ligneux ; enfin les qualités et les défauts qui caractérisent son talent.

Avant de partir ; car je quittai bientôt Paris, je mis la main sur un petit panneau qui s'était égaré sur le quai Notre-Dame.

Pégase, au pied du Pinde, fait jaillir la source de l'Hélicon, et déploie ses ailes pour monter jusqu'au sommet de la montagne sacrée ; dans cette œuvre de Paul Bril, tout est pâli à dessein et intentionnellement froid, sec et arrêté. — C'est le Pinde gelé. Mais ce qui vaut mieux, je découvris à peu de jours de là, une toile, étude largement brossée, une Vierge tenant l'enfant Jésus endormi. Jésus dort et d'un cœur !

La vierge le contemple avec un léger sourire. Les yeux sont baissés et se voient cependant à travers les cils épais et soyeux.

C'est bien la manière dont les peintres français comprenaient et interprétaient la maternité divine.

Il y en a plusieurs.

Les flamands donnent une physionomie vulgaire à la sainte Vierge. Rubens et Vandyk eux-mêmes manquent en ce sujet de distinction.

Les allemands, et en particulier l'école de Dusseldorff, ont créé un personnage émacié, béatifique, qui vous communique un froid des plus intenses.

La manière des Italiens, représentée par la *Belle Jardinière*, par la *Vierge à la Chaise*, par la *Vierge au poisson*, par les vierges de Léonard de Vinci, est au-dessus de toute appréciation et ne laisse qu'à admirer.

Les peintres de l'ancienne école française, ont trouvé un type plein de distinction, réunissant la noblesse, l'élégance, la pudeur ; et, si j'osais dans un mot condenser ma pensée, je dirais que ce type de la sainte Vierge qui est pour les flamands une grosse bourgeoise, pour les allemands une ascète, pour les italiens une divinité, est pour nos vieux artistes une demoiselle de Saint-Cyr.

Le tableau est en buste seulement, à peu près de grandeur naturelle. Une boucle de cheveux d'un châtain cendré s'est échappée du bandeau qui s'enroule autour de la tête de la Vierge et flotte sur ce jeune sein comme pour voiler le peu qu'elle en laisse voir.

Devant cette œuvre suave d'un inconnu, on pense au Corrége.

En la donnant à restaurer, j'ai fait, sur la bande qui est au bas du tableau, écrire en lettres d'or cette invocation tirée des litanies : *Mater amabilis*, et je me prends parfois agenouillé devant ma Vierge et l'implorant...

XVII

Parrocel. — Téniers. — Franck. — Gouaspre Poussin. Tiépolo.

I

Chercher aujourd'hui ce que l'on trouvait alors — c'est-à-dire en 1837 — se flatter de faire des découvertes qui en vaillent la peine, est une chimère à laquelle on sacrifierait vainement son temps et sa peine.

Les quais sont nets de revendeurs, nets d'auvergnats. La profession de brocanteur est rangée paraît-il parmi les professions insalubres sinon dangereuses, et ne peut s'exercer qu'à une certaine distance des habitations. Le bouquiniste a disparu avec le bouquin. Je n'appelle pas bouquiniste cet homme qui dort au soleil auprès d'une collection de volumes déflorés, dépareillés. Le quai aux fleurs a perdu ses anciens aboutissants, ces petites rues noiraudes pleines de mystère. Les environs de la *Belle Jardinière* ne sont plus comme autrefois peuplés de boutiques de ferrailleurs où l'on pouvait espérer presque à coup sûr faire quelque trouvaille, le marchand de ferraille étant ordinairement auvergnat et l'auvergnat tenant de tout.

La *Belle Jardinière*, c'est le nom d'un des plus suaves chefs-d'œuvre de Raphaël. Jamais la Sainte Vierge n'a été représentée sous des traits plus touchants que dans ce tableau si connu. Un magasin de confection l'a prise pour enseigne, et il a dû à ce patronage une partie de son immense succès. Il a fallu qu'un procès nous apprît ce qu'il faut penser de ces dehors. Les commis de la maison sont comme les templiers ; ils font des serments ; ils ont des pratiques secrètes et brûlent à huis clos ce qu'ils adorent en public. Un pacte existe entre eux, un pacte d'argent pour repousser les secours de la religion au lit de mort, et pour être enterré sans prêtre et sans prières... Ces fabricants de pantalons seraient-ils donc des sans-culottes ?

Tout espoir de trouver quelque chose n'était pas encore absolument perdu, il y a quelques années. Je fis une petite récolte en passant par le boulevard du Temple et le faubourg Saint-Antoine. Cela valait à peine le déplacement; mais je fais de l'art pour de l'art.

L'amour du bibelot est tenace. Le bonheur est dans la recherche patiente, dans le long examen; il est autant là que dans la découverte.

Je n'avais plus de ces ambitions hautes qui ne se satisfont que par des chefs-d'œuvre.

Le temps n'est plus à cela.

J'avais des visées plus modestes, et par là même moins irréalisables.

Il me fallait un dessus de porte de moyenne grandeur. Le choix du sujet ne m'était pas indifférent, quoique, en fait de dessus de porte, la dimension soit ce qui importe le plus.

Mais j'avais des préférences pour un sujet de bataille : de la fumée, des chocs de cavalerie, des remparts au loin; sur le premier plan les généraux donnant des ordres, et un trompette à cheval sonnant la charge.

Je sors dans cette idée et, quai de la Mégisserie, dans une maison non achevée, voisine des magasins de graines de Vilmorin, parmi de vieilles pendules du temps de Louis-Philippe, supports de lampes, coupes en zinc dédoré, bâtons de cire à cacheter,

j'avise une esquisse à grands traits, une sorte
d'ébauche d'après Parrocel, ou faite à son
école. Elle remplit mon programme : de la
fumée, des généraux donnant des ordres... mais
au lieu d'un trompette à cheval sonnant la
charge au premier plan, j'en ai deux...!

Ce tableau est charmant. A la partie gauche,
voilà des personnages caracolant sur de gros
chevaux. Dans un de ces personnages, vêtu d'un
costume très-caractéristique et qui est à coup sûr
le commandant en chef, je me plais à voir Jean
Sobieski, roi de Pologne ; car ces remparts
qui s'aperçoivent à peine au milieu du feu et de
la fumée, c'est certainement Vienne que Sobieski
vient délivrer. A côté de lui, caracole un cava-
lier habillé à la française, du temps de Louis XIV,
vaste perruque, chapeau frangé de plume rouge,
et qui doit, vu l'importance que l'artiste lui a
donnée, être le duc de Lorraine.

Devant eux et sur le second plan, sont des
guerriers entièrement vêtus de fer : sans doute
les chevaliers de Saint-Jean de Jérusalem ; ils
prennent le galop et vont se mêler à l'action.

Au loin, on voit beaucoup de fumée, des
croupes de chevaux jonchant la terre et on
devine plus qu'on ne distingue un choc de
cavalerie.

Plus loin encore, des chameaux chargés indiquent la présence d'un peuple oriental et donnent de la probabilité à mon hypothèse de la présence des Turcs et de Vienne délivrée.

Tout cela est un peu lâché, mais plein de *chic*, et il ne faut pas oublier que c'est fait pour être vu de loin.

Comme supplément à cette acquisition, je me procurai chez le même marchand un petit Frank sur cuivre représentant le Christ en croix avec l'apôtre Saint-Jean et les saintes femmes, assez joli morceau, mais qui ne peut jamais avoir que la valeur d'un Frank (je parle sans calembour).

Élève de Rubens, Frank en était arrivé à peindre *de pratique* — comme Murillo, qui fabriquait des amulettes et des tableaux de saints pour les apôtres évangélisant les Indes. — A force de faire ces choses, on ne peut manquer d'en venir à les bien faire, et c'est le cas de Frank, dont j'achetai le petit tableau.

Je fis aussi l'acquisition d'un Teniers de joli ton, représentant une maison près de laquelle on vide force pots. A côté sont des champs couverts de moissons dorées ; les moissonneurs, la faucille en main, font tomber les épis que des femmes, d'affreuses maritornes, réunissent en gerbes. J'ai fait également de ce tableau un dessus de porte quoiqu'il méritât peut-être mieux.

Je ne parle que pour mémoire d'un Gouaspre Poussin, de ces Gouaspres qu'on rencontre partout.

Le sujet est une sainte famille presque imperceptible, servant de prétexte au paysage.

A gauche, le gros et vieux chêne obligatoire, des ruines, une rivière, un pont et une petite colline, le tout fort gaillardement exécuté, mais fait de pratique.

Gouaspre Poussin a roulé son rocher de sisyphe en passant sa vie à refaire continuellement le même tableau.

II

Il y avait dans cette boutique une autre toile.

C'était un Tiépolo. Le temps n'était plus des auvergnats naïfs. L'homme du quai de la Mégisserie en savait long et il était inutile de chercher à lui en apprendre. Il me *fit l'article* pour son Tiépolo, une jolie toile. Tiépolo est peu connu en France. On ne se fait une idée de cet artiste, qu'en voyant les peintures dont il a orné le palais des doges, celui des *Procuratie* à Venise, ou le palais royal de Madrid.

C'est un homme d'un grand talent, élève de Paul Véronèse, dont il procède pour la conception, pour la disposition, pour l'exécution, pour tout; peintre de l'école de la lumière, il porte un des plus beaux noms du patriciat de Venise : jusqu'à lui les Tiépoli payaient des tableaux, mais n'en faisaient pas.

Et quel rôle jouent les tableaux dans la vie de ces Vénitiens ! Le savant Gratiani, dans son livre *De Bello Cyprico*, nous apprend que Pietro Zané, général de la flotte envoyée au secours de Cypre, Zané qui fut un personnage assez important pour aspirer à être doge, avait reçu de son père pour tout héritage *un tableau.*

Mais il ne nous dit pas quel pouvait être ce tableau, commencement de la fortune de Zané? Était-ce un Giorgion, un Titien de la jeunesse du peintre, un Tintoret ou un Jean Bellin?

Ce Tiépolo était splendide comme composition : scène de l'Ecriture Sainte interprétée à la vénitienne, avec nègres, levriers, esclaves orientaux, amphores en agathe, tout le matériel

17

d'une noce patricienne dans un palais des lagunes.

Mais celui-ci avait été nettoyé, trop nettoyé dirai-je : les glacis n'y étaient plus ; il y avait devant cette peinture comme une gaze légère. Ce n'était plus guère qu'un souvenir de l'œuvre primitive.

En vain le marchand me pressait. La dimension de ce tableau (deux mètres cinquante environ de large sur un mètre soixante), ne me permettait pas de le loger.

D'ailleurs je n'avais aucun désir d'acquérir une peinture si fatiguée. Aussi, malgré des conditions invraisemblables de bon marché, je déclinai l'offre.

C'était déjà vieux et je n'y pensais plus lorsque, il y a quelques mois, en ouvrant un journal d'art, j'y lis : « Le Musée du Louvre « vient de s'enrichir d'une nouvelle toile : les « *Noces de Cana* par Tiépolo, magnifique « composition de la plus riche couleur. Les « amateurs de belles choses se féliciteront de « cette acquisition etc., etc. »

Soit ! je ne demande pas mieux ; mais ce qui manquera à ce beau tableau, ce ne seront pas les repeints !

XVIII

Ruines, — Dessins au crayon. — Hubert-Robert.

I

C'était rue des Francs-Bourgeois au Marais, à gauche en allant à la place Royale, et à peu près vis-à-vis l'ancien hôtel du chancelier le Tellier, chez un marchand de meubles.

Il y a là deux tableaux, deux pendants, sujets de ruines, brossés avec une étonnante vigueur.

Voici des remparts démantelés. Ils sont d'une hauteur colossale; leurs proportions forment une antithèse presque comique avec ces petits hommes qui sont au sommet et qui discourent en gesticulant d'un air capable.

Là c'est un arc de triomphe ruiné, qui charge la terre de son poids inutile. On a promené la charrue sous sa voûte, et des moissons dorées ondulent à ses pieds.

Voilà un César équestre, une belle statue en bronze, qui ne sert plus qu'à faire sécher les loques que des lavandières, agenouillées au bord d'un ruisseau, ont suspendues aux bras du héros, à ses épaules, et à la queue de son cheval.

Mais comme tout cela est traité, et comme ce peintre est intelligent! quelle fougue et quelle largeur!

Ce procédé de travail, à l'état d'ébauche est bien ce qu'il faut pour des tableaux décoratifs, destinés à être vus à distance.

J'admire cette touche vigoureuse, ces tons locaux posés l'un près de l'autre, sans aucun glacis et d'une main sûre. Ce n'est pas la couleur chaude des ciels du Lorrain ou de Joseph Vernet. C'est plus froid, mais ce n'est pas moins vrai. Plus de fini, plus de fusion nuiraient à l'effet.

J'entre en matière avec le marchand, et je vois tout de suite à qui j'ai affaire. C'est un homme retors. Froid et indifférent, il a l'air de ne pas tenir à vendre; et puis il faut tout dire : les tableaux sont en parfait état, avec une bordure de l'époque, étroite comme il convient à une peinture décorative; ils sont prêts à être mis en place.

Je mesurais des yeux mon adversaire, et je sentais que je serais vaincu. Il répondait à peine à mes questions, regardant, quand je lui parlais, la belle ferronnerie des balcons de l'hôtel le Tellier; et moi j'étais tout feu pour ces tableaux, plein d'enthousiasme pour la science archéologique du peintre, pour sa profonde étude de l'antique — il me les fallait!

Après une négociation où le marchand ne plaça que des monosyllabes, je les eus pour deux cents francs. Si l'on tient compte de la prodigieuse quantité des tableaux d'Hubert Robert, c'est à peu près leur valeur.

Je ne regrette pas de les avoir payés leur prix, et j'y tiens autant pour le nom de leur auteur que pour leur mérite.

« Monsieur l'ambassadeur, — écrivait, au « sujet du peintre, M. le marquis de Marigny, « surintendant des bâtiments, à M. le comte « de Choiseul-Gouffier, ambassadeur de France « près du Saint-Siége — on me parle avec éloges « de l'aptitude et de la facilité d'un jeune élève « de l'école des Beaux-Arts à Rome. Le désir

« de Sa Majesté étant de connaître les talents
« naissants et de les encourager, j'obéis à ses
« ordres en priant Votre Excellence de vouloir
« bien commander de sa part au jeune peintre
« un tableau dans son genre favori. Toute
« liberté lui est laissée pour le choix du sujet
« qui serait traité dans la dimension de ceux
« que fait ordinairement M. Robert. Je rece-
« vrais aussi avec gratitude quelques rensei-
« gnements sur ce jeune homme ; venant à
« l'appui de ceux qui m'ont été déjà donnés,
« ils me confirmeraient sans doute dans la pensée
« qu'il est digne de la bienveillance de Sa
« Majesté. J'ai l'honneur, etc.

M. le comte de Choiseul-Gouffier membre
de l'Académie française, répondit :

« Monsieur le Marquis, je viens de m'ac-
« quitter du devoir dont vous m'avez chargé de
« la part de Sa Majesté, en transmettant à
« M. Robert l'ordre si flatteur pour son jeune
« talent. C'est un augure favorable pour le com-
« mencement d'une carrière d'artiste, qu'une
« commande du Roi ; c'est touchant et flatteur
« de se voir l'objet d'une bonté auguste qui
« vous cherche, vous encore peu connu,
« pour vous encourager. Aussi, à la lecture
« que je lui ai faite de votre dépêche, M.

« Robert pleurait de reconnaissance et de
« joie. Il s'est mis sur l'heure au travail et, à
« la facilité que je lui connais, je ne me crois
« pas sûr que cette lettre précède de beaucoup
« l'envoi de son tableau.

« Personnellement, le jeune homme est très-
« bien. Il appartient à une famille distinguée,
« est homme du monde et voit ici la meilleure
« compagnie. Je l'ai trouvé hier chez le bailli
« de Breteuil, ambassadeur de Malte, dont vous
« connaissez les goûts pour la littérature anti-
« que, et avec lequel il travaille à une traduc-
« tion des auteurs latins — car il est fort instruit.
« Ses parents le destinaient au sacerdoce et,
« après lui avoir fait prendre ses grades dans
« la science sacrée ; après qu'il eût été reçu en
« Sorbonne licencié en théologie, ils allaient
« demander pour lui un bénéfice, lorsque le
« jeune Robert, qui avait obéi en silence jusque-
« là, déclara que, dût-on lui offrir l'abbaye de
« Saint-Germain-des-Prés, il voulait être peintre.

« Tout indique qu'il ne s'est pas trompé sur
« sa vocation.

« C'est un grand et beau garçon, un peu
« timide, à la physionomie ouverte et intelli-
« gente. Il m'a été recommandé de très-bonne
« part et vient quelquefois au palais de France

« où je le vois avec plaisir. Il est propre à
« tous les exercices du corps, très-fort à la
« paume et s'y exerçant à l'admiration du public
« qui va le voir manier la raquette. On a
« beaucoup parlé de lui dans ces derniers
« temps. Il était descendu dans les catacombes
« sans guide, ce qui ne se fait jamais. On le
« croyait perdu ; on était dans des inquiétudes
« que je partageais, lorsque tout-à-coup on
« entend dire qu'il y a un homme qui se pro-
« mène sur la corniche de Saint-Pierre, ris-
« quant une chûte de plus de quatre cents
« pieds. On accourt, la foule s'amasse, des
« objurgations sont adressées à l'imprudent et
« quand on lui demande pourquoi il s'expose
« ainsi, M. Robert — car c'était lui — répond
« qu'il ne comprend pas tout ce tumulte ; et
« qu'on a tort de s'étonner qu'un paysagiste
« cherche les points de vue !

« Son caractère gai et ouvert lui a fait autant
« d'amis qu'il a de connaissances. Je le crois
« à tous égards digne des bontés du Roi.
« Je suis, etc. — Signé : Choiseul.

Le tableau arriva peu de temps après la
lettre, et M. de Marigny fut si content de l'une
et de l'autre, qu'il écrivit sur le champ à M. de
Choiseul pour l'informer que le roi avait daigné

accorder la pension d'élève de l'Ecole de Rome, à M. Robert, seulement jusques-là élève libre, étudiant à ses frais.

Robert était en effet descendu aux Catacombes. Cette aventure qui ne s'était pas passée entièrement comme on avait dû la rapporter à M. de Choiseul, a été recueillie par Delille, dans son poëme de l'*Imagination* :

Jaloux de tout connaître un jeune amant des arts
L'amour de ses parents, l'espoir de la peinture,
Brûlait de visiter cette demeure obscure
De notre antique foi vénérable berceau.
Un fil dans une main et dans l'autre un flambeau,
Il entre.....

C'est pour l'esprit et pour le cœur du jeune homme un enchantement, un délire. Il voit des dépouilles de vierges et de martyrs, des costumes, des ustensiles, des instruments de supplice. Il observe, il étudie, il apprend. Mais il s'oublie dans des recherches trop longues, et c'est au moment où elle va s'éteindre qu'il s'aperçoit que sa torche est consumée...

Aussi quelle imprudence, et pourquoi pénétrer sans guide dans ces labyrinthes de pouzzo-lane?

Tous les quinze ans, les statistiques en témoignent, un curieux paie de sa vie cette témérité; et d'autres promeneurs, amenés par le hasard à la place où il s'est arrêté pour mourir, retrouvent un cadavre, un squelette, ou des cendres.

Tel sera le sort de Robert. La torche achève de brûler.

Et le flambeau mourant brûle et s'éteint dans l'ombre.

Robert s'arrête. l'obscurité du tombeau l'enveloppe.

Il se sent perdu. Il veut marcher; il court, il se heurte et, après quelques efforts, s'affaisse sur lui-même. Une mort affreuse lui apparaît : la mort par la faim...

L'agonie peut durer une semaine ou davantage. Dans la Tour de la Faim, Ugolin qui était vigoureux, a survécu à tous ses enfants expirés d'inanition.

— Saints martyrs qui avez souffert tant de morts cruelles priez pour moi! ô ma mère! ô mes amis!!

Force de volonté singulière! Robert parvient a se procurer une sorte d'engourdissement, un sommeil factice. Cette torpeur est lourde de tout le poids de l'immense sépulcre.

Même quand nous dormons il est en nous quelque chose qui veille. Est-ce notre âme déjà flottante et à demi séparée du corps par le sommeil? Robert pensait :

— Tu ne resteras pas longtemps ainsi. Cette somnolence, effet de la lassitude et de l'abattement cessera, et alors viendront les souffrances et les désespoirs de l'homme enterré vivant.

Il sentait qu'il allait bientôt s'éveiller tout à fait et que, à l'état de demi sommeil succèderait l'agitation, — l'agitation dans les éternelles ténèbres, dans l'éternel silence, — lorsqu'un murmure indistinct, à peine perceptible arrive à à son oreille.

Il retient son souffle pour mieux entendre...

Rien ; le murmure s'éteint, ou plutôt il n'y a pas eu de murmure! C'est une hallucination comme en ont les naufragés qui croient voir une voile au milieu de la tempête... Ce sont de ces illusions communes à ceux qui vont mourir.

Tu t'y tromperas plus d'une fois, Robert.

Jusqu'à la dernière heure, l'homme perdu croit qu'on vient à son aide. Tant que le flambeau de la vie n'est pas éteint, le flambeau de l'espérance s'y rallume et jette de fugitives clartés...

Mais ces instants sont courts. Le silence de la tombe enveloppe de nouveau Robert.

Ah! comme il y a des moments où l'on sent qu'on est bien perdu, que le sépulcre vous tient, qu'il est impossible d'être tiré de là! On revoit ses parents, ses amis dans une sorte d'appareil d'optique, dans une chambre obscure; mais on les voit tout petits; ils sont loin, loin, et là haut!

— Cependant qu'est-ce? se dit Robert. Cette fois je ne me trompe pas; voilà le murmure qui reprend?

Un bruit de voix accompagne ce murmure. Robert voudrait courir, aller au devant de ceux qui viennent; mais il n'ose pas. Une force invincible le retient à sa place. Et où irait-il? de quel côté se diriger? ne s'est-il pas assez fatigué à errer dans ces galeries sans fin, et chaque pas qu'il a fait, soit en marchant lentement, soit en courant comme un insensé, a-t-il servi à autre chose qu'à le jeter là meurtri, sans force et sans espoir...

Faut-il cependant attendre en silence que l'on vienne?

Et si l'on passe outre, si l'on s'éloigne encore?

— A moi!! crie-t-il de toute la force de ses poumons.

Sa voix est répétée par les échos de toutes voûtes ; son appel est multiplié et grossi cent fois.

— Courage ami ! nous arrivons ! répondent nombre de voix.

Un bruit de pas se fait entendre ; mais on se presse trop ; on prend une fausse piste, et l'on s'engage dans une galerie qui n'est pas celle où Robert agonise d'incertitude et d'impatience. Cependant on sait qu'il n'est pas loin, et à force de revenir, de tourner et de retourner, de poser des points de repère, on arrive...

Robert chercha à se lever et n'en eut pas la force.

Le premier besoin dans un moment pareil, c'est de pleurer : il pleurait abondamment, pendant que ses camarades d'atelier le soulevaient et l'embrassaient.

— Malheureux ! lui dit Lagrenée, qui devait être aussi un jour un peintre distingué, et directeur de l'Ecole de France à Rome, comment être descendu seul ici ? c'est un vrai miracle que nous t'ayons retrouvé !

C'était un vrai miracle, en effet.

Mais ce que c'est que d'avoir des amis !

L'un des amis de Robert, Brenet, un futur membre de l'académie royale de peinture, vient chez lui pour le voir. Il apprend qu'il est sorti, emportant une torche et un gros peloton de ficelle.

Il fait un geste de mauvaise humeur ; car il comprend.

Cependant il ne dit rien. Il attend deux heures, trois heures, toute la journée ! Il sort, il demande si l'on a vu Robert. Il le cherche aux endroits où il va d'ordinaire.

Robert n'y a point paru.

Alors, plein de funestes pressentiments, il se rend à l'atelier de peinture de l'école française que dirigeait alors Natoire et dit son inquiétude. On s'émeut, on cherche un guide, on prend des torches et on part, Natoire en tête — Le directeur de l'école française veut aller à la découverte du plus aimé de ses élèves.

Mais ici se présentent les difficultés.

Par quelle porte est-il descendu ? On ne le sait même pas. Or, si l'on se trompe de porte, toute recherche est vaine.

Que faire, ô mon Dieu ! On ne peut cependant pas abandonner le malheureux !

On descend au hasard et on va en avant. On avait bien un guide ; avec un guide on est sûr de ne pas se fourvoyer, mais un guide sert à peu de chose dans ce genre de recherche.

On marchait avec précaution, regardant et tendant l'oreille.

Ah! qu'elle était loin cette gaîté turbulente des élèves de l'école française dont s'étonnaient les graves trasteverins!

On allait, on allait toujours. Les jeunes gens étaient silencieux et préoccupés. Déjà deux heures de recherches, et à quoi avaient-elles servi? Était-on en somme plus avancé qu'avant de les entreprendre?

Peut-être aussi avaient-elles été mal dirigées et eût-il fallu, au lieu de pousser toujours en avant, entrer dans les galeries transversales?

Mais encore une fois dans quel sens? Est-ce à droite, est-ce à gauche?

Ils en étaient là et commençaient à se décourager, lorsque Brenet, qui marchait le premier, sentit quelque chose rouler sous son pied. Il se baisse et ramasse un morceau de bois de pin :

— Dieu soit loué! crie-t-il montrant à ses compagnons le manche à demi consumé d'une torche; nous sommes sur la bonne piste!

Brenet ne se trompait pas. Les cendres sèches et encore blanches de la torche prouvaient qu'elle venait de servir.

Les courages se raniment, on se reprend à

espérer et bientôt le cri : « A moi! » vient apprendre que Robert est là, qu'on va le revoir et qu'il est sauvé !

II

Robert devint « garde du *Musœum* du Roi », et dessinateur de ses jardins, avec un magnifique logement au Louvre. Il était de l'académie royale de peinture, ayant pour collègues — la troupe est brillante et digne d'être dénombrée — Jeaurat, Lagrenée, César et Antoine Vanloo, La Tour, qui semblait bouder, ne quittant, quoique peintre du Roi, jamais Saint-Quentin; le chevalier Favray, Lauterbourg, Greuze, Restout, Brenet, Van Spaendonk et Valenciennes, ces deux derniers peintres de nature morte; Mmes Vien, Vigée-Lebrun et Guyard.

La gloire, les places, tout arriva à Robert et le bonheur domestique par surcroît. Il se maria et trouva une compagne dévouée qui partagea avec lui la bonne et la mauvaise fortune, qui fut auprès de lui à son lit de mort et dans sa prison.

Car on l'emprisonna, cet homme qui n'avait

jamais fait de mal à personne et qui ne comptait que des amis.

En république on n'est jamais sûr de rien, pas même de garder sa tête sur ses épaules ; à plus forte raison de jouir tranquillement de sa liberté. La république le trouva suspect. Elle le fit déguerpir du Louvre, lui retira ses places et l'incarcéra — en attendant mieux.

— Ah ! Monsieur le garde du *Museum* de Sa Majesté, ah ! Monsieur le dessinateur des jardins royaux, ah ! Monsieur le conseiller de l'académie royale de peinture, non-seulement vous allez cesser d'être tout cela, mais vous irez en prison, ne vous déplaise. A Sainte-Pélagie ! — Je veux dire à Pélagie !

Là encore Robert fit preuve d'un excellent esprit, et on eût dit qu'il s'y trouvait à l'aise. Il est vrai qu'il était en bonne compagnie.

Il se levait à six heures, prenait ses pinceaux qu'on avait oublié de lui retirer, et peignait jusqu'à midi. Après un repas de prisonnier, il descendait dans le préau et, avec un de ses compagnons de captivité, quelque gentilhomme élevé dans une académie où cet exercice faisait partie de l'éducation, il se mettait à jouer à la paume, en faisant preuve d'une vigueur et d'une adresse rares. Il avait environ soixante ans.

Lorsqu'on transféra les prisonniers à Saint-Lazare, au milieu d'un peuple furieux, Robert, de la charrette dont il occupait un banc, prit ses crayons et dessina la tempête humaine qui s'agitait sous ses yeux. Cette esquisse lui a servi à faire un magnifique tableau.

Il était possédé de l'amour du travail et toujours le pinceau ou le crayon à la main. Quand la liberté lui fut rendue, il se trouva à la tête de cinquante-trois tableaux, œuvre de dix mois de captivité. Oui, vous avez bien lu : cinquante-trois tableaux !

Robert a été en prison avec beaucoup de personnages connus, et son crayon nous a conservé leurs traits. C'est une de ses valeurs et non la moins précieuse. Privé des emplois qu'il occupait dans un temps plus heureux, il accepta et remplit avec un empressement affectueux la fonction de peintre ordinaire des victimes.

A Saint-Lazare il y avait des hommes de tout âge et de toute condition, des prêtres, des vieillards, même des jeunes filles.

Qu'on se figure une grande salle où tout le monde est pêle-mêle. Les femmes, avec cet instinct de délicatesse pudique qui ne les abandonne jamais, se sont arrangé un petit coin à elles. Une lucarne grillée éclaire insuffisamment ce local pendant le jour; quatre lampes fumeuses l'éclairent plus mal encore durant la nuit. Il y a à terre de la paille sur laquelle sont assis ou couchés des prisonniers, ceux-ci songeant ou causant entre eux, ceux-là dormant. — Quelles fatigues et quelles privations ont amené, imposent ce lourd sommeil! Robert est là se promenant de long en large avec un prêtre à cheveux blancs.

De temps en temps la porte tourne sur ses gonds et un geôlier barbu, coiffé d'un bonnet de loutre, apparaît, réclamant des prisonniers ou en amenant d'autres.

Quand il en arrive, on regarde et on cherche une figure de connaissance.

C'est ce que faisaient les détenus en ce moment. On venait de leur donner de nouveaux compagnons de captivité et, parmi ceux-ci, un jeune militaire encore revêtu de son uniforme.

En entrant il se découvrit, salua et promena, lui aussi son regard sur l'assistance.

A peine eut-il paru qu'un vieillard — habit noir, culotte de soie de même couleur, extérieur de magistrat — fendit la foule et se jeta dans

ses bras. Tous deux se tinrent longtemps serrés dans une étreinte convulsive.

Ils ne s'étaient pas vus depuis bien des jours.
On avait lancé contre le père un mandat d'arrêt
et on en restait là. Pendant les longs mois de sa
captivité, il avait sans cesse pensé à son fils unique... Qu'est-il devenu ? L'a-t-on arrêté et où
l'a-t-on mis ? Est-il mort ? Autant de questions qui
restaient sans réponse. Il le revoyait enfin et son
cœur en était inondé de joie — quoiqu'il soit
bien dur de ne se retrouver que dans une
prison !

On a beaucoup de choses à se dire en pareille circonstance. Le père et le fils se prome-
nèrent longtemps en causant, penchés l'un vers
l'autre.

Le dialogue était animé. Ils marchaient d'un
pas rapide, se rapprochant peu à peu d'un coin
de la salle où l'on avait délié deux bottes de
paille. Le fils s'y jeta comme un homme exténué
de fatigue et s'endormit pour ainsi dire en y
tombant.

Le père s'assit sur une chaise auprès de
lui et, de temps en temps, il le regardait
dormir.

Robert avait suivi ce petit drame. Il contem-
plait le vieillard.

— Voyez, dit-il au vieux prêtre en suspendant sa promenade, cet homme n'a rien de remarquable dans les traits : c'est une figure ordinaire ; mais quelle beauté et quelle noblesse lui communique l'amour paternel !

Et tirant ses crayons, il se mit à le portraire.

Plusieurs heures se passèrent, le fils dormant toujours, le père veillant à ses côtés.

On entendit de nouveau la lourde clef tourner dans la serrure ; la porte s'ouvrit et le geôlier parut, tenant un papier à la main. C'était une liste de détenus à extraire de la prison ; il se mit à en faire l'appel.

Quand il fut au nom de Félicité-Victor Aved, ci-devant de Loizerolles, le vieillard se leva de son siége et se plaça parmi les prisonniers qui allaient sortir.

— C'est bien toi citoyen, demanda le geôlier, Félicité-Victor ? Il me semble qu'il y en a un autre ci-devant Loizerolles... ?

— Je vous dis que c'est moi ! répondit le vieillard d'un ton bref.

— Après ça, si tu veux te faire raccourcir pour un autre, à ton aise, ajouta le geôlier d'un air indifférent.

Allons, en route !

Il y eut des pressions de main entre ceux qui restaient et ceux qui partaient. — On savait trop bien ce qui attendait ces derniers.

Le vieillard enveloppa d'un regard d'ineffable tendresse son fils, toujours endormi, et franchit avec une sorte d'impatience le seuil de la prison.

Appelé devant le tribunal révolutionnaire, il eut d'abord à faire établir son identité par le greffier.

— Félicité-Victor Aved, grommela celui-ci lisant sa feuille, ci-devant Loizerolles, sous-lieutenant au ci-devant régiment de l'Ile-de-France... hum! hum! fit-il hochant la tête et regardant le vieillard, « accusé d'avoir « conspiré à l'effet de dissoudre par le meurtre « et l'assassinat des représentants du peuple et « notamment des membres des Comités de salut « public et de sûreté générale, le gouvernement « républicain et de rétablir la royauté. »....
Voyons le signalement : âge vingt-deux ans, taille un mètre soixante-quinze centimètres, menton rond, visage allongé, teint pâle, cheveux blonds...

Les rires de l'auditoire interrompirent sa lecture.

— Ce n'est pas cela, million de tonnerres ! s'écria-t-il en frappant du poing sur la table ; il y a erreur....

— Il y a erreur en effet, dit le vieillard qui s'approcha de la barre du tribunal ; mais elle est facile à réparer, Monsieur. Mon nom est Jean-Simon Aved de Loizerolles...

— Tu dis Jean-Simon Aved Loizerolles.... Ici, ils ont mis Félicité-Victor!... Et ta qualité ? demanda le greffier rectifiant sa feuille sous la dictée du vieillard.

— Conseiller du Roi, lieutenant-général au bailliage de l'artillerie de France.

— Conseiller du tyran pour ses massacres, ci-devant lieutenant-général au ci-devant bailliage de la ci-devant artillerie de France, écrivit-il d'une plume indignée, augmentant d'une phrase subjective et de trois adverbes la déclaration qui lui était faite.

— Ton âge ? Tu as plus de vingt-deux ans même sans compter les mois de nourrice ?

Et il accompagna d'un gros rire cette réflexion joviale.

— En effet, j'ai soixante ans révolus.

— « Teint pâle », nous pouvons laisser cela ainsi que « visage allongé ». Nous mettrons

gris au lieu de blond pour les cheveux. —
A présent, citoyen, te voilà en règle. Condui-
sez-le au banc des accusés, ajouta-t-il, s'adressant aux gendarmes.

L'accusateur public prononça un réquisitoire
collectif pour toute une catégorie de prisonniers.
Quelques-uns prirent la parole et essayèrent de
se défendre. Quand, selon l'usage, on demanda
à Loizerolles s'il avait quelque chose à dire, il ne
répondit rien.

Il fut condamné, puis emmené dehors.

Cet homme eût été une énigme pour ceux qui
auraient pu l'observer. Un peu agité d'abord, il
était, depuis sa condamnation, calme, presque
souriant.

Arrivé au lieu du supplice, et avant qu'on ne
lui liât les mains, il fit un grand signe de croix,
ce qui provoqua dans la foule une explosion
d'injures et de huées,

Et il monta d'un pied léger les degrés de
l'échafaud.

Le portrait dessiné par Robert fut donné par
celui-ci au fils de la victime. M. le chevalier de
Loizerolles le fit graver en tête d'un volume
de poésies où il célébrait l'héroïsme paternel
dans des vers que Delille n'eût pas désa-
voués.

Vers 1834, on voyait sur le pont au Change un étalagiste nomade qui vendait des gravures fatiguées, des cartes géographiques, des lithographies et même des estampes coloriées telles que le *Prince Poniatowski faisant ses adieux à sa famille*, le *Prince Poniatowski se noyant dans l'Elster*, le tout contenu dans des cartons qui portaient leurs prix tracés sur des lambeaux de parchemin et échelonnés depuis un franc jusqu'à cinq sous.

Entre deux de ces gravures, se trouvait un dessin au crayon, de couleur rouge et bleue, avec des méplats blancs. C'était le portrait d'un homme d'âge moyen. La figure encadrée d'une abondante chevelure ne me rappelait rien ni personne, et j'allais lâcher ce dessin, lorsque je lus à une des encoignures du papier d'ailleurs passablement froissé : J.-A. Roucher, 7 juillet 1794 et puis une signature : H. Robert.

Je le ressaisis aussitôt et le payai sans avoir besoin d'en demander le prix au marchand ; il était ainsi écrit sur le portefeuille qui le contenait : 5 *sous !*

Roucher, auteur du poëme des *Mois*, a été guillotiné comme André Chénier. Notre République, plus sévère que la République Spartiate, tuait les poètes que celle-là se contentait de bannir. Roucher était comme André Chenier, un novateur. Il avait un sentiment vrai de la nature.

Ce portrait, trouvé sur le pont au Change, est sans doute de ceux que Robert a distribués en si grand nombre à ses compagnons de captivité.

Beaucoup se sont perdus; plusieurs ont dû aller où vont les objets que l'on trouve dans les dépouilles d'un supplicié. Ils auraient une grande valeur historique, et une valeur de sentiment plus grande encore.

Robert avait pleuré la mort du Roi. La reconnaissance lui faisait un devoir de ces regrets. Il ne fut pas guillotiné — le temps manqua. D'ailleurs les conventionnels étaient trop occupés à se rendre mutuellement ce service.

Le peintre était sous les verroux lorsque survint le 9 thermidor. Les prisons s'ouvrirent, et Robert fut rendu à la liberté. Il lui fallut vivre de son travail. Il était fécond, et le devint davantage.

Tableaux à l'huile, gouaches, dessins au lavis, au crayon de couleur, il faisait de tout. N'est-ce pas à cette nécessité d'une production incessante , qu'il faut attribuer l'infériorité .désormais relative de ses œu-vres?

XIX

Le Bourguignon. — Brugayrol.

/

I

Si vous trouvez un petit tableau fait d'éclairs
et de fumée, où des hommes cuirassés se livrent
un combat plein de furie, vous dites tout de
suite : — C'est un *Bourguignon*, et vous dites
vrai souvent.

Bourguignon a fait une quantité de ces petites scènes qui ne lui coûtaient guère.

Depuis que, suivant sa vocation de peintre
de batailles, il s'était mis à la suite des armées,
il portait sur lui ses tablettes, et dès qu'il voyait
pendant l'action une attitude de combattant
originale, un geste pittoresque, il saisissait son

crayon, croquait à la hâte, et sa collection
s'augmentait d'une nouvelle page.

La possession de ce répertoire, jointe à la
manière dont il savait s'en servir, fait que le
nombre de ses ouvrages est presque infini. Sa
facilité était prodigieuse. Il ne faisait jamais
d'esquisse; il enlevait tout d'un trait. La hampe
de son pinceau qu'il aiguisait, lui servait à indiquer la pensée première. Il partait de là, promenait ses pinceaux sur la toile avec une activité
fébrile, comme s'il eut lui-même livré un combat et terminait sans désemparer.

Cette rapidité, cette fougue dans l'exécution,
sont peut-être tout son secret.

Cela était un peu lâché; mais il y a des gens
assez habiles et assez heureux pour bénéficier
de leurs défauts mêmes. C'est barbouillé,
c'est confus; on n'y voit pas grand'chose —
et peut-être faut-il qu'il en soit ainsi, car
c'est une mêlée. Voilà des gens qui s'escri-
ment d'estoc et de taille. Comme ils se démè-
nent, comme ils se houspillent, comme ils y vont
de bon cœur! Et les peintres corrects qui ont
voulu faire des batailles n'ont pas su *tuer leur
homme*. L'incorrection du *Bourguignon* se
justifie par le succès.

Non loin de la place Vendôme, à portée du

boulevard, on trouvait, il y a peu d'années un splendide magasin de curiosités, palais doré, rappelant ces boutiques tenues par des Maures dans les principales villes du littoral méditerranéen, où l'on vend des parfums, des tapis, des armes et des bijoux, où l'on est reçu par un hôte aux traits réguliers, au magnifique costume, qui vous fait les honneurs de chez lui avec la courtoise gravité d'un abencerrage, vous offre le café et le sorbet — sauf à vous faire payer en temps et lieu, ses rafraîchissements et ses politesses.....

Mon magasin contenait ce qu'il y a de plus beau : vieux laque, vieille porcelaine de Sèvres ou de Chine, craquelé du Japon, meubles de Boule, tapisseries de Flandres, des Gobelins et de Beauvais, couples nègres de grandeur naturelle, tout vêtus d'or, pour garder la porte d'un salon de prince — enfin de quoi mettre en fuite quiconque n'aurait pas eu la bourse d'un Rothschild ou d'un ancien membre du gouvernement de la Défense nationale.

Je ne m'aventure guère dans ces riches coupe gorge et je prends pour moi la parole de Dante qui me dit : Regarde et passe.

Un jour pourtant je regardai... mais je ne passai pas. Derrière la haute glace, je voyais

une petite page toute en longueur : une bataille
de Bourguignon pour sûr.

Cela n'avait jamais été ni retouché ni même
reverni. C'était vieux et conservé. Tel on voyait
ce tableau âgé de quelque deux cent vingt ans,
tel il était sorti de la main du peintre.

Mais, me demandai-je, sur quoi est-il
peint? Ce n'est ni sur bois, ni sur toile ni sur
cuivre.

Ce petit tableau serait-il un de ceux que fit
Bourguignon après avoir séjourné à Venise chez
le procurateur Sagredo ?

En faisant les honneurs de son palais au
Bourguignon, le procurateur lui avait dit :

— J'ai des Titiens, des Tintoret, des Veronèse,
que n'ai-je aussi des *Cortese!*

Vous savez que le vrai nom du *Bourguignon*
était Jacques Courtois, qu'il traduisait lui-même
en Italien, signant *Giacomo* ou *Giacopo Cortese*.
Mais était-ce assez aimable d'associer ainsi le
nom de Jacques Courtois à ceux des plus illustres peintres de l'Italie!

— Que pourrais-je mettre en regard des
œuvres de ces grands génies? avait répondu
Bourguignon, flatté du rapprochement fait par
le procurateur, mais tremblant du voisinage où
on parlait de le placer.

— Des batailles ! Pour les batailles vous êtes
sans rival.

— Votre Excellence a trop de bonté ; mais
elle sait que je ne fais point de batailles historiques.

— Et pourquoi ne commenceriez-vous pas ?
Tenez, voici un sujet, deux sujets, vingt sujets !
— et il s'était mis à lui développer, au point de
vue de la composition et de l'exécution, ce
thème artistique : *les batailles les plus san-
glantes de l'Écriture.*

— Mais je ne peins guère à fresque ni à la
cire...

— Vous peindrez à l'huile comme toujours,
et je veux vous donner un champ comme
jamais peintre avant vous n'en eut à couvrir !

Il l'avait mené dans une galerie entièrement
tendue de cuir doré.

— A l'œuvre ! avait-il dit au peintre en lui
montrant ces murailles éblouissantes.

Et Jacques Courtois, gagné par l'enthousiasme du procurateur, s'était mis au travail avec
une fougue extraordinaire. Il allait vite et faisait
beau :

« Ces tableaux peints en grand sur cuir doré,
« dit Cochin en sa notice sur Ch. Parrocel,
« laissent paraître en plusieurs endroits le fond

19

« d'or pour le luisant des cuirasses. Comme
« ces peintures, malgré nombre d'incorrec-
« tions brillent du plus beau feu et présentent
« les effets les plus piquants, le faire le plus
« hardi, elles enflammèrent l'imagination de
« Parrocel. »

Cela n'est pas difficile à croire. Il n'y a rien
de plus particulier, de plus original que ce genre
de peinture. Depuis son succès au palais Sagredo,
le *Bourguignon* s'y adonna. Cependant ses
tableaux sur cuir doré sont rares.

Je passais fréquemment et en me donnant à
moi-même des prétextes, devant le magasin si
plein de richesses ; mais je n'avais d'yeux que
pour le petit tableau.

— Ce n'est pas ce que cela paraît, me disais-
je ; voilà bien des incorrections de dessin.
Ce bonhomme a sur les épaules une tête qui
n'est pas à lui. Cela a été fait cent fois. *Le
Bourguignon* se répète insolemment... Une
bataille, mais quelle bataille? Je voudrais le
savoir... Décidément le franc-comtois est encore
plus lâché qu'on ne le dit. Il est parvenu à faire
entrer tous ses défauts dans ce petit espace.

Je refaisais pour mon compte la fable du
renard et des raisins. Je me l'avouai avec un
peu de confusion ; et j'entrai.

Je fus reçu par le maître du logis, — reçu est une manière de parler, car personne ne se présenta — J'aperçus un gros homme qui se tenait, le chapeau sur la tête, au fond du riche magasin. D'énormes breloques se balançaient à son gilet de velours épinglé; car il portait un gilet de velours épinglé, quoiqu'on fut au mois de Juillet. Ses mains courtes et velues n'avaient jamais connu, à en juger par leur couleur, la contrainte des gants; mais on y voyait plusieurs bagues. Le personnage avait cet air capable et rassis d'un homme dont la fortune est faite, et qui demeure dans une boutique parce que cela lui fait plaisir..... absolument comme le négociant maure, sauf le turban, le riche costume, la distinction et le sourire...

Mais ce gros corps... cette barbe fournie, ce cou de taureau, cette carrure de montagnard... un nom s'échappa de mes lèvres :

— Brugayrol!

Qu'il est donc changé pourtant! C'était, vous vous en souvenez, un type de simplicité rustique, ne demandant qu'à gagner honnêtement sa vie, et n'y épargnant ni son temps ni sa peine. Mais voilà que, au milieu de sa carrière, il a vu des hommes qui réalisaient de très-gros bénéfices en faisant de petits trous dans le bois, pour imiter le travail des vers...

Il en tombait à la renverse.

Pouvait-il comprendre cela, lui qui avait passé des années, cherchant à donner l'aspect du neuf à ce qui était vieux ?

Et puis comment un meuble vermoulu pouvait-il valoir plus qu'un meuble en bon état et d'un bois sain ?

Cela choquait son bon sens et il se refusa longtemps à voir dans cette industrie frauduleuse, dans ce métier de faussaire, un moyen sérieux de faire de l'argent. Il fallut bien pourtant se rendre à l'évidence.

Vous savez si cette industrie des petits trous aux meubles a fleuri dans notre pays sceptique; si elle a été lucrative à ceux qui s'y adonnèrent en y joignant cette autre industrie des meubles neufs faits avec du bois vieux; vous savez ce que rapporta le métier d'émailleur, lorsqu'on fabriqua de vieux émaux, de vieilles majoliques, de vieilles faïences, lorsque l'on contrefit les Palissy avec leurs lézards, leurs couleuvres, leurs carpes, leurs anguilles, en même temps qu'on falsifiait les Callot, les Rembrandt, les Marcantoine.....

Le bibelot devint une forêt de Bondy dans

laquelle les plus gros profits allèrent aux plus effrontés.....

Il fallait bien suivre le mouvement. Brugayrol avait donné pour rien des objets de valeur ; il apprit à vendre très-cher des bibelots qui n'en avaient aucune.

Il était pauvre autrefois ; il devint riche.

Bientôt il quitta sa tanière de Saint-Jean-de-Latran et, d'étape en étape, le voilà arrivé au quartier de la place Vendôme, où il lui faut payer un loyer d'une cherté invraisemblable, preuve que son commerce est actif et procure de beaux bénéfices.

Brugayrol fait partie de cette association qui va à l'hôtel des ventes aux grands jours, pour accaparer ce qu'il y a de remarquable en ce lieu ; il est de cette coalition formée pour faire monter les enchères à des prix inac-cessibles aux amateurs, ou pour les faire capituler...

Il va aussi en province quand il trouve à dépécer quelque château qui en vaut la peine...

A ce métier, Brugayrol a fait fortune. Il a acheté du bien dans son pays et il se propose toujours d'y revenir ; mais comme il a à Paris des intérêts majeurs, intérêts d'industriel, intérêts de propriétaire, intérêts de capitaliste, et que c'est à Paris que se font les affaires, il ajourne sans cesse son projet... et il vieillit !

Ah ! qu'il l'eût réalisé il y a longtemps s'il se fût borné à la vieille ferraille et s'il eût liquidé après quelques mille francs de bénéfice !

L'or ne donne pas toujours le bonheur ; il nous fait plus rarement encore valoir mieux. Avec ses breloques, ses gilets cossus ; avec son verbe sonore et sa prestance d'électeur influent, Brugayrol n'a plus sa bonne humeur de jadis, et je voudrais parier qu'il soupire quelquefois en pensant à la vieille misère et au cloître Saint-Jean-de-Latran.

Après une assez longue conversation sur les vicissitudes du commerce, sur la pluie et le beau temps, je me décidai à entrer en matière. Ce fut à peu près comme autrefois, à l'aide de la pantomime.

Je désignai le petit tableau peint sur cuir et Brugayrol, du ton dont il me demandait autrefois quarante sous, murmura :

— Trois mille francs.

II

— Trois mille francs ! ah ! pourquoi suis-je entré ici après ce que je m'étais promis ! J'avais évité jusqu'à présent ces magasins élégants où tout est piége et chausse-trappe. Que n'ai-je persévéré ! Après avoir eu pour presque rien de bonnes choses, vais-je avoir à en payer de médiocres quatre fois leur valeur ? Va-t-on, à moi qui suis tout autrement habitué, faire acheter la conservation, la convenance ; vais-je être traité comme un novice ou comme un riche étranger bon à tondre, comme un financier de comédie ?

Ah ! le coup m'est sensible, il me blesse et m'humilie...

Mais pourquoi Brugayrol me tient-il ainsi la dragée haute ? Il sait bien que son tableau ne vaut pas trois mille francs et que jamais je ne lui en donnerai ce prix !

Le mieux est de renoncer au petit *Bourguignon* et de me retirer sur le chiffre demandé.

— Trois mille francs, dis-je à Brugayrol, mais ce n'est pas sérieux. Si je voulais vous les donner, vous ne les prendriez pas. Vous savez bien que votre tableau n'en vaut pas la moitié.

Brugayrol me regarda d'un air de surprise et de mécontentement.

— Pas la moitié! Tel que vous le voyez, j'en ai refusé deux mille neuf cents francs à lord Seymour et à M. de Montalivet qui en avait envie pour le château de Neuilly.

— Je ne puis entrer en lutte avec tant d'or et de guinées ; mais il y a anguille sous roche, Brugayrol, pour que vous refusiez ainsi d'être raisonnable avec une ancienne connaissance.

— Qu'appelez-vous anguille sous roche ? Mon anguille, c'est de maintenir *cet article* à un prix honorable. Remarquez que c'est intact, que cela n'a jamais été restauré : et vous le savez bien, il n'y a pas de tableaux du Bourguignon qui n'aient été restaurés ou qui n'aient poussé au noir de manière à être à peu près perdus.

J'admirai comme Brugayrol parlait, comme il avait appris.

— Et puis, continua-t-il, c'est très-rare ces sujets de bataille peints sur cuir doré. Vous feriez bien le tour de l'Europe sans trouver le pareil. Voulez-vous le chercher et me l'apporter? Je vous le paie trois cents pistoles !

Et en parlant ainsi, il faisait le geste de me frapper dans la main. Accoutumé à ces comédies je n'en tenais aucun compte ; Brugayrol le vit à mon attitude et son regard cessa d'insister.

Mais j'étais vraiment marri en pensant que le petit Bourguignon allait m'échapper.

Trois mille francs, c'était pour moi l'impossible ; et, quand cette somme eût été à ma disposition, je ne pouvais, je ne devais pas payer un caprice si cher.

— Arrangez-vous comme vous voudrez, dis-je à Brugayrol, mais j'arriverai tout au plus au quart de la somme, et vous savez bien que c'est plus que ne vaut le tableau.

L'auvergnat, sans répondre, me jeta un nouveau regard et prenant le petit tableau qu'il avait jusque-là laissé devant mes yeux, sans doute pour aider à l'effet de son éloquence, il alla le reporter à sa place accoutumée.

C'était marché rompu. J'étais mécontent de Brugayrol dont je rencontrais pour la première fois la résistance ; j'étais mécontent de moi qui, pour satisfaire une fantaisie, étais prêt à obérer mon budget et à me mettre pour longtemps dans la gêne....

Je me levai et me dirigeai vers la porte, couvrant ma retraite par des questions sur des choses insignifiantes.

Cependant, toujours poussé par le démon du bibelot j'essayai une dernière tentative.

— Faites bien attention, dis-je à Brugayrol, précisant mon offre : le quart de trois mille francs, c'est sept cent cinquante francs.

Le marchand réfléchit, puis relevant la tête, me dit d'un air résolu et sur le ton d'un ultimatum :

— Si vous n'arrivez pas à huit cents francs, vous ne l'aurez pas!

— Farceur! pensai-je, et l'offre de deux mille neuf cents francs faite concurremment par la liste civile et par lord Seymour!...

Je sautai sur ma proie, peu satisfait au fond. Mon acquisition, en tant qu'affaire, n'avait rien de brillant. La victoire que je remportais était une victoire à la Pyrrhus. En contentant mon caprice d'amateur, je faisais une chose dont j'avais des remords et contre laquelle s'élevaient ma conscience et ma raison ; et je quittai Brugayrol en me promettant de ne plus jamais le revoir.

Rentré chez moi, je me plaçai en face de mon petit tableau. C'était à la lueur d'une lampe que le crépuscule du matin avait plus d'une fois surprise brûlant encore.

Mes petits bons hommes semblaient se houspiller avec plus d'ardeur qu'à la clarté du jour, et y mettre plus d'action. Les guidons, les panaches flottaient dans la mêlée. L'or des dessous voulait luire à travers la peinture. Il y avait là à terre, sur le devant, un pauvre diable de blessé, tombé de cheval, qui jetait des cris à fendre l'âme en voyant venir des cavaliers qui allaient lui passer sur le corps...

Ah ! comme il faut être organisé pour que l'image du fait réel se reflète aussi vivement dans la pensée, et que l'on puisse la traduire avec cette intensité !

Quel homme étiez-vous donc Jacques Courtois, vous si célèbre et si peu connu, si belliqueux dans vos tableaux, si pacifique dans votre vie, vous qu'une double vocation fit artiste et — *horresco referens* — jésuite !

Si vous étudiez cette figure de magister, qui est le portrait de Jacques Courtois, elle vous apprendra bien des choses sur son caractère et sur sa vie, — oui sur sa vie.

Il faut aussi se dire que Jacques Courtois

naquit sujet espagnol, ce qui pourrait expliquer la préférence qu'il donna à la milice de Loyola sur les autres ordres religieux.

Il avait vu le jour à Saint-Hippolyte, non loin de Besançon, la ville impériale. — On se rappelle que les franc-comtois se faisaient enterrer la tête tournée du côté de l'Espagne, ce qui donnerait à penser qu'ils n'avaient pas autant envie qu'il nous plaît de le dire, de devenir français. Que Louis XIV, enserré de plusieurs côtés par les possessions de Sa Majesté catholique, ait cherché à se dégager du côté de l'Est en annexant le comté de Bourgogne, c'est une autre question, et une question qu'un français ne peut considérer qu'au point de vue de la gloire de sa patrie.

Bourguignon n'a pas le génie français, c'est un artiste à part : bolonais mâtiné de franc-comtois.

Ils ont quelque chose de particulier les artistes de ce pays : Voyez Courbet !

Un biographe qui s'est occupé du *Bourguignon*, rappelle que l'Albane et le Guide, dans toute leur gloire, recherchèrent l'amitié de Jacques Courtois qui venait de s'asseoir humblement sur les bancs de l'école de Bologne « Ils le croyaient né en Bourgogne » ajoute l'écrivain.

Oui, ils le croyaient et avec raison.

Il n'est permis qu'à un membre des deux académies d'oublier qu'il y a deux Bourgognes.

En l'appelant *il Borgognone*, les deux illustres artistes, sans être coupables d'une faute de géographie, rangeaient déjà leur jeune confrère dans la famille des peintres qui illustrent leur pays en empruntant son nom : Perugino, Véronèse, Pesarèse, Calabrèse.

La Bourgogne Comté est une province à part, province qui nourrit une forte race d'hommes, bourreaux de travail, grands génies, hommes d'Etat. Parmi ces derniers, il faut citer le cardinal de Granvelle; parmi les autres, Cuvier, Courbet, Courvoisier, — dois-je mentionner les frères Grévy? — race patiente, rustique, frugale, sérieuse. — Le sérieux est si rare de nos jours que son masque seul mène à tout.

Jacques Courtois est de la race. Voyez cette face allongée, cet œil grand ouvert, ce front dénudé et pensif...

Mais pourquoi cette tristesse répandue sur ses traits? Ah ! Jacques Courtois a des chagrins. « Cherchez la femme », car il y a de la femme dans cette vie pourtant si chaste.

Courtois travaillait beaucoup et ses œuvres, en se multipliant, étendaient sa renommée. Un

prince de Toscane, Mathias de Médicis, malgré
les préjugés de nation, fit des offres brillantes
à notre franc-comtois : il voulait le charger des
peintures à exécuter à son palais de Lapeggio.

C'était fort pour un florentin environné d'artistes florentins d'aller chercher un barbare,
un allobroge! Mais Mathias était homme de
guerre et il lui fallait un peintre de batailles
pour immortaliser ses exploits.

On a trop oublié que la maison de Médicis fut
la dernière à déposer les armes dans la lutte
contre les turcs ; qu'elle leur fit une guerre
navale des plus heureuses et que son port
de Livourne s'enrichit des prises faites par elle
dans cette guerre.

Le *Bourguignon* vint à Florence — pour
son malheur. — Il y vit la fille du peintre
Vajani.

Courtois était pur. Ces hommes-là sont les
plus vulnérables. Leur inexpérience les met à la
merci de la première coquette qui entreprend
sur eux. Le pauvre Bourguignon tomba dans
les filets qui lui étaient tendus. Il n'eut pas de
repos qu'il n'eût fait l'acte, j'allais dire la folie
à laquelle il dut le malheur de son existence.
Sa recherche fut accueillie avec un empressement
qui aurait dû lui être suspect. On lui dit que

c'était à son talent et à sa renommée qu'il devait d'être sitôt agréé. Le pauvre artiste mena à l'autel son accordée...

Que se passa-t-il? Qu'y a-t-il sous ce voile qui n'a jamais été levé ? Au bout de très-peu de temps, quelques semaines, les deux époux se séparaient. Courtois prenait son chevalet, sa palette et ses pinceaux et s'en allait, loin de Florence, demander au travail l'oubli de son bonheur perdu à trente ans !

Le travail ne fut pas ingrat. Courtois acquit bientôt la réputation d'un peintre de talent.

Un jour, pendant qu'il couvrait une toile, il apprend que la « signora Cortese » vient de passer de vie à trépas...

Le voilà donc libre !

Sans prendre garde à l'accusation d'empoisonnement que l'on essaie de formuler contre lui, il entre au noviciat des jésuites.

— Avions-nous tort de l'accuser dirent alors ses envieux lui qui cherche un lieu d'asile, pour échapper aux poursuites de la justice !

Mais il ne paraît pas que la justice ait trouvé la dénonciation assez sérieuse pour s'en occuper.

Le grand acte que le Bourguignon venait d'accomplir, s'expliquait de lui-même.

N'avait-il pas été assez malheureux, assez meurtri, pour avoir soif de cette paix qu'on trouve à l'ombre du sanctuaire et qu'on ne trouve que là?

Courtois voulait être religieux régulier comme fra Angelico, comme le Sueur; il voulait faire les trois vœux de pauvreté, de chasteté et d'obéissance, renoncer pour Dieu à la gloire du monde et aux gains qu'il tirait de son travail.

A l'expiration de son noviciat, il fut admis dans la compagnie qui jetait alors tant d'éclat sur l'Espagne et sur le monde catholique; il prit la livrée de Jésus-Christ, dans cet ordre qui était déjà si puissant et si attaqué.

Cet ordre, qui comptait déjà tant d'apôtres et de martyrs, tant d'habiles géographes, tant de savants et d'astronomes fameux, compta de plus un grand artiste!

Le nouveau jésuite voua son pinceau à Dieu.

Il passa dix-huit ans d'une vie de prière et de labeur; n'ayant sur la tête d'autre ciel que la voûte des basiliques, sous les pieds d'autre terrain que les planches de ses échafaudages; on le vit pendant dix-huit ans, ce personnage noir, grand et maigre, travaillant entre la terre

et le ciel pour la plus grande gloire de Dieu,
ad majorem Dei gloriam!

L'église du *Gesù* à Rome lui avait été livrée.
Il y multiplia des compositions, scènes pieuses
qui le ramenaient souvent et par une pente
insensible à son genre favori. Ayant à décorer
la tribune de cette église, il choisit pour sujet
Josué arrêtant le soleil. Il y avait là des cas-
ques, des piques, des chevaux, des légions,
objets de sa prédilection et de son étude; et c'est
au milieu de cette œuvre que le pinceau s'échappa
de ses doigts et qu'il mourut.

Paix à lui; car il a beaucoup souffert, beaucoup travaillé, beaucoup prié !

J'étais resté de longues heures en conversation avec ce petit tableau qui me disait tant de
choses. Il se faisait tard ; j'enfonçai un clou
dans la muraille, j'y suspendis mon *Bourguignon* et j'allai me coucher.

Toute ma nuit fut poussière, cris de mourants,
chocs de cavalerie, pinceaux, échafaudages,
cuirs dorés, et je vis un peloton de lansquenets
chargeant à fond une troupe de robes noires
qui fuyaient...

20

XX

Les bronzes. — Jean Jacques et Voltaire. — Milon de
Crotone. — Les chevaux de Marly. — Statues équestres. — Le Puget. — Coustou. — L'Elysée-Bourbon.

I

Si l'on comptait encore les chefs-d'œuvre dont
Horace Vernet est l'auteur, il faudrait mettre
dans ce nombre l'arrestation du prince de Condé
dans l'escalier du Palais-Royal, escalier qui est
lui-même merveilleux, et qui, à cause de cela
sans doute, a été choisi par le peintre pour
théâtre de sa petite scène d'histoire.

Il faut voir avec quelle déférence courtoise
Guitaut, capitaine des gardes de la reine-mère,
demande au grand Condé son épée.

C'est la traduction en langage et en manières de cour des apologies de monsieur Loyal :

— Ah! monsieur, croyez-le bien, c'est pour moi un véritable chagrin d'avoir à saisir le mobilier d'un si galant homme ! Pour tout au monde, je n'aurais voulu avoir été chargé de m'assurer de votre honorable personne, et de la consigner à la maison d'arrêt !

Et il faut voir aussi de quel air de prince le vainqueur de Rocroy accueille la requête de monsieur de Guitaut, tire son épée, et la lui rend !

C'est un bijou que ce petit tableau, et il y aurait à féliciter Louis-Philippe d'avoir commandé ce travail au grand artiste, au peintre le plus spirituel du siècle, pour servir à l'histoire picturale de son palais.

Je passais sous le magnifique portail de ce palais qui ouvre sur la rue de Valois et fait face à la cour des Fontaines, peu de jours après le sac de Saint-Germain-l'Auxerrois.

Des coups secs et répétés retentissaient et, en jetant les yeux du côté d'où venait ce bruit, je vis au-dessus de ma tête un ouvrier qui travaillait à effacer du fronton de l'édifice les armoiries qui y étaient sculptées. Il y allait de bon cœur avec son ciseau et son marteau. Un moment arrêté pour le regarder faire, je reçus une avalanche de petits fragments ; je fus inondé d'une poussière blanchâtre qui s'attacha à mes habits.

Ces fragments et cette poussière avaient été l'emblème héraldique de la maison d'Orléans. Devais-je les secouer comme une souillure ? Pauvres fleurs de lys qui étiez autrefois si honorées en France et au dehors, faut-il que tout le monde vous rejette et vous renie ?

Il y avait en face de ce portail, et à l'angle de la rue de Valois et de la Cour des Fontaines un marchand de curiosités. Regardez cette boutique. Elle est la même depuis quarante ans, contenant et contenu ; et on croirait y retrouver les armes turques, les faïences italiennes, les cuivres repoussés et les petits tableaux qui y étaient alors.

Son propriétaire n'est peut-être pas un opulent nabab comme plus d'un de ses confrères de la Chaussée-d'Antin ou de la place Vendôme ; c'est encore moins un de ces montagnards dont le lecteur a trouvé peut-être que je hantais trop les humides repaires ; s'il n'a pas fait fortune, il n'a pas non plus fait naufrage : il est toujours là.

J'avais remarqué à son étalage deux statuettes en bronze, deux pendants, Rousseau et Voltaire.

Un homme de bonne mine y était arrêté, et examinait les statuettes. Je le reconnus et le saluai.

Le comte de Boisbelle, lâchant le petit Voltaire qu'il avait saisi, me tendit la main.

L'amateur qui trouve un objet d'art digne d'attention, l'examine, abstraction faite du sujet, et en devient acquéreur si les autres conditions lui paraissent remplies.

Le mouvement d'opinion anti-voltairien ne s'était pas alors prononcé avec beaucoup de force. On ne se croyait pas obligé de prendre parti — nous n'avions pas encore subi les châtiments, reçu les dures leçons contenues dans de récentes catastrophes.

— J'achèterais ces statuettes, dit M. de Boisbelle, comme en pareille circonstance j'acquerrais des petits magots en porcelaine de Chine, ou ces brigands mexicains en bois peint, et qui font les gros yeux, parce que c'est bien sorti et que l'œuvre est réussie; mais ce ne serait pas pour les portraits. Les hommes que voici sont de grands coupables. En vain a-t-on voulu alléger leur fardeau en tournant leurs accusateurs en ridicule et en vulgarisant le refrain :

C'est la faute de Rousseau.
C'est la faute de Voltaire.

C'était hier. On chantait cela et l'édition Touquet s'écoulait avec une rapidité prodigieuse.

En attribuant ironiquement à ces deux hommes des choses auxquelles ils sont étrangers, on a cherché à donner le change : c'est une tactique connue.

Voltaire et Rousseau ont fait pénétrer dans le corps social les éléments les plus délétères, les plus dissolvants.

Cependant sont-ils rejetés, honnis comme ils devraient l'être? Non.

Des hommes considérables, des victimes de la Révolution due en grande partie à ces deux écrivains; des catholiques, des royalistes parlent avec une émotion admirative de l'auteur de la *Henriade*, même de *Zaïre*, tant ils sont férus de l'homme!

C'est l'esprit du dernier siècle qui survit. On a un sourire indulgent pour les *Contes*; on donne le bénéfice du silence au *Dictionnaire philosophique*, à l'*Encyclopédie*, et on ne veut voir en ce petit bonhomme — et M. de Boisbelle regardait sa statuette — que l'auteur de poésies légères charmantes, d'une étincelante corres-

pondance avec tout ce que le xviiie siècle a
connu d'illustre et de grand, et l'ennemi de la
canaille.

Hors des frontières, dans les pays protestants
et à la cour des princes qui leur donnaient asile,
les émigrés avaient trouvé Voltaire élevé au rang
du plus grand génie qui eut paru non-seulement
en France mais dans le monde entier.

Ils avaient pu voir dans le palais d'un catholique, d'un prêtre, d'un Archevêque Electeur de
Cologne, le buste en marbre blanc de l'auteur
de *Candide*. Ce compatriote les rendait fiers, et
ils rapportèrent en France des sentiments peu
raisonnés à son sujet.

Ceux qui survivent ont-ils changé de sentiment? J'en doute. Ne nous a-t-il pas fallu à
nous-mêmes les plus dures leçons pour comprendre et pour ouvrir les yeux!

Rousseau, le niais sentimental que vous connaissez, le personnage malpropre des *Confessions*, dont la vie fut un long concubinat, et
qui envoyait sa progéniture aux Enfants trouvés ;
Rousseau avec sa mine de laquais et son extérieur intentionnellement négligé, n'obtenait-il
pas grâce devant nos aïeux, gens un peu légers
et superficiels, qui n'avaient lu ni le *Con-
trat social* ni les *Confessions* — alors on ne

lisait pas : on causait si bien! — et qui ne s'arrêtaient qu'aux sensibleries de la *Nouvelle
Héloïse?*

Le maréchal de Luxembourg n'hébergeait-il
pas, à la ville et à la campagne, cet *ami de la
nature* qui, assis à table à la droite de la maréchale, causait avec elle de sa Thérèse dont il
vantait le talent pour la soupe à l'oignon?

— C'est joli! disait M. de Boisbelle s'inter-
rompant, et parlant tout-à-coup de ses statuettes.
Voyez comme celui-ci est pomponné et comme
sa perruque a de nombreux marteaux! comme
tous ces détails sont traités avec soin : l'habit
à brandebourgs, le vaste jabot, la canne et les
souliers à boucle! Houdon a dû faire la maquette.
Comme ce socle rond est de bon goût avec ces
petites guirlandes autour! Comme la figure
étincelle d'esprit et de vie! C'est une réduction
avec une autre pose et d'autres détails de costume de celle qui est dans le vestibule du
Théâtre Français...

On lui a élevé partout des statues à cet hom-
me-là! Il en a à Saint-Pétersbourg, à Potsdam
et ailleurs.

Eh bien! si, au lieu de naître sous une
monarchie traditionnelle, vieille de douze siècles,
Voltaire fut venu en un temps de révolution

comme le nôtre, nous le verrions non pas libé-
ral et libre penseur, mais conservateur à
outrance, ce qu'on ne manquerait pas d'attribuer à l'éducation qu'il reçut chez les Jésuites,
ces maîtres dont il fit sans cesse l'éloge, seuls
bienfaiteurs qu'il n'ait pas payés d'ingratitude!

M. de Boisbelle mit dans la main du marchand cent vingt francs, prix des deux petits
bons hommes, et donna son adresse pour qu'on
les lui portât avenue de Marigny numéro 7.

Pendant qu'il parlait, le ciseau et le marteau,
l'un frappant l'autre, poursuivaient leur œuvre
iconoclaste. L'écusson d'Orléans, les fleurs de
lys s'en allaient et le lambel aussi.

— Il y a là dedans quelqu'un, dis-je en désignant le palais, qui se fait gloire d'être voltairien et qui tient à ce qu'on le sache!

II

— Pour voltairien, répondit M. de Boisbelle,
il l'est, et en nombreuse compagnie, quoiqu'il
prétende être le dernier survivant. Il y a
plusieurs manières d'être voltairien, et il a la

sienne. Quant à ce qui se fait ici, ne lui en attri-
buez pas la responsabilité, encore moins l'initia-
tive. C'est le ministère qui le lui impose.

Casimir Périer, qui a une volonté, lui
prêchait depuis longtemps ce sacrifice, et se
heurtant à une résistance obstinée, disait :
« Les fleurs de lys! Il y tient plus que ses
aînés! »

L'acte de vandalisme que vous voyez s'accomplir, est la conséquence de l'affaire de Saint-
Germain-l'Auxerrois.

Mais Louis-Philippe a des sentiments très-
prononcés pour tout ce qui tient à sa position
dans la maison de Bourbon.

Vous le voyez aujourd'hui, pour plaire à son
entourage, pour garder le concours des bourgeois qui l'ont porté au pouvoir et qui l'y sou-
tiennent, gratter ses armoiries, affecter des
manières toutes rondes; mais au fond personne
ne tient plus que lui aux choses de l'étiquette!

Comme le comte de Boisbelle avait été de
ces royalistes qui, pendant la Restauration, fré-
quentaient le Palais-Royal, je recueillais ses
paroles, si peu d'accord qu'elles fussent avec
les idées que je m'étais faites.

— Vous doutez! dit M. de Boisbelle en
croyant saisir une expression d'incrédulité. Eh !

bien sachez que ces questions d'étiquette sont
une spécialité du duc d'Orléans qui s'y entend
à merveille, et qui n'est pas plus en peine de
les traiter scientifiquement et diplomatiquement
que ne l'était M. le duc de Saint-Simon, qui a
consacré un gros volume de ses mémoires à
l'Affaire des manteaux!

A l'occasion du *Te Deum* qui fut chanté à
Notre-Dame pour la naissance du duc de Bordeaux, il régla avec M. de Brézé le cérémonial
à observer en cette circonstance.

Le Roi devait avoir son fauteuil placé au
centre des pliants des princes du sang; Mgr le
duc d'Orléans stipula que ces pliants seraient
tous sur la même ligne, chacun avec un carreau
devant; que les neuf pliants seraient pareils,
ainsi que les carreaux, et de la même étoffe.

— Cependant hasardai-je, il y avait avant
lui, Monsieur, Monseigneur le dauphin.....

— De plus reprit mon interlocuteur, M. le
duc d'Orléans insista pour que ses voitures fussent à huit chevaux pour être pareilles à celles
des princes placés avant lui dans la hiérarchie.

— Encore! dis-je et toujours cette tendance
à s'égaler aux princes de la famille royale!

— Sans doute, et n'y a-t-il pas réussi?

— Et ce qui m'étonne, dis-je, c'est que ce

soit précisément Charles X auquel on aurait pu
supposer d'autres idées qui l'ait fait Altesse
Royale.... que Louis XVIII....

— Erreur! fit M. de Boisbelle, Louis XVIII
tenait les d'Orléans à distance, et ne leur aurait
jamais donné l'Altesse Royale. Il honorait M.
le duc d'Orléans en particulier d'une antipathie
que celui-ci lui rendait bien.

Après sa mort, M. le duc d'Orléans eut meilleur jeu. Vous avez remarqué qu'au *Te Deum*
pour le duc de Bordeaux, on ne lui passe qu'un
pliant avec un carreau de même étoffe et de même
couleur; au service pour le Roi Louis XVIII,
il obtient une chaise à dossier, et on lui fait les
honneurs du goupillon...

Vous riez, mais sachez que c'est une grande
chose que le goupillon, et chose réservée exclusivement au roi et aux princes de la famille
royale.

Vous jugez cela au point de vue des idées
nouvelles. Il en était autrement de M. le duc
d'Orléans. Il avait pour ces formes une attache,
une vénération, un culte dignes d'un Saint-
Simon, d'un Brézé ou d'un Sainctot.

— Mais après le goupillon, dis-je, que lui
fallait-il encore à cet homme insatiable?

— Il lui fallait, il lui fallait..... La chaise à

dos, le goupillon n'étaient qu'un acheminement au titre d'altesse Royale.....

— Mais, demandai-je, comment pouvait-il y prétendre, et comment l'a-t-il obtenu? Je ne puis comprendre.....

— Vous n'êtes pas le seul. Cela a été fait de la manière la plus inattendue, et par un mouvement spontané du Roi.

— On a bien raison de dire : un bienfait n'est jamais perdu, soupirai-je.

— Et je puis vous narrer par le menu, comment cela s'est passé. Je tiens la chose du duc d'Orléans lui-même.

Il y a déjà quelques temps de cela : c'était le 19 septembre 1824, M. le duc d'Orléans reçut un message du Roi, l'invitant à se rendre aux Tuileries. Comme il entrait, le Roi quittait le pavillon de Flore, et allait à la chapelle.

— Je suis bien aise de vous voir mon cousin, dit Sa Majesté en lui tendant la main, et de vous apprendre que je vous accorde le titre d'Altesse Royale.

Le duc d'Orléans qui ne se croyait pas si près du but auquel tendaient tous ses vœux, s'inclina et baisa la main du Roi, en balbutiant des expressions de reconnaissance.

Le Roi fut très-aimable. Il voulait effacer le

souvenir de la froideur qui avait existé entre son frère et la branche cadette.

Il pensait qu'en étant agréable au duc d'Orléans, dans ce qu'il savait que ce prince désirait avec ardeur, il s'en ferait un ami pour lui et pour Mgr le dauphin qui pouvait être appelé à régner bientôt.

Jetant un regard sur l'avenir, il espérait peut-être que M. le duc de Bordeaux, s'il venait à monter sur le trône prématurément, trouverait un appui dans le premier prince du sang.

Cet appui était précieux. Le duc d'Orléans avait une influence considérable, la plus belle fortune de l'Europe, de nombreux amis, beaucoup de popularité.

Le roi croyait pouvoir compter sur lui.

C'est ce qui explique comment, après son abdication, il l'appela à la lieutenance générale du royaume, et lui confia la garde et la tutelle du duc de Bordeaux.

Charles X était bon; il était chevaleresque; il croyait que les bienfaits sont un lien et que la reconnaissance est la vertu des grandes âmes...

Ce langage me semblait le comble de l'ironie.

— Remarquez bien, dit M. de Boisbelle, saisissant un geste qui m'échappa : je ne juge pas, je raconte.

Maintenant le Roi pouvait-il accorder le titre d'Altesse Royale à qui ne l'avait pas de naissance? Ce titre même est-il de ceux qui se donnent?

Je me le demande.

Les titres d'Altesse Royale et d'Altesse Sérénissime, résultent uniquement de la position que l'on occupe dans la maison souveraine. Ils ne sont qu'une indication de cette situation là.

Faire du titre d'Altesse Royale un titre honorifique que l'on peut acquérir, une dignité à laquelle on peut être promu pour des services rendus ou espérés, c'est le détourner de sa signification véritable; et, à prendre les choses à la rigueur, — si pareille matière peut être traitée avec ce sérieux à une époque où l'on voit des princes de maison où il n'y a pas de roi, prendre le titre d'Altesse Royale — c'est commettre un non-sens.

Le titre d'Altesse Royale avait été porté dans la famille de Louis-Philippe par Philippe d'Orléans, frère de Louis XIV et fils de France, puisque Louis XIII était son père, et par le duc d'Orléans, régent et petit-fils de France; et la branche d'Orléans, en s'éloignant de son auteur couronné, en cessant de faire partie de la famille royale, était devenue Altesse Sérénissime, de par le droit et le sens commun, et il n'y avait pas plus de raison pour le roi de changer cet usage en faveur du duc d'Orléans, que de partager avec lui le titre de Majesté et de roi très-chrétien.

Cela prouve seulement l'extrême bonté de Charles X, et son désir de resserrer avec le premier prince du sang, les liens de l'agnation.

Trouvant un moyen de le faire, il le saisissait avec une grâce qui doublait le prix d'une pareille faveur...

— C'était peut-être une faute, hasardai-je. Il ne faut fournir à personne l'occasion d'être ingrat.

— Oh! oh! jeune homme voilà une réflexion un peu noirâtre pour votre âge. Ce qui semble certain, c'est que Louis XVIII n'aurait pas fourni cette occasion.

Quant aux sentiments qui animaient alors le duc d'Orléans, au point de vue de l'ambition qu'on lui a supposée d'aspirer à la couronne, j'ai par devers moi des souvenirs très-précis.

Dans son entrevue avec le Roi au sujet de l'étiquette — vous allez voir comme il y tient! — M. le duc d'Orléans tombe d'accord qu'un fauteuil est dû à Mgr le Dauphin. « La préémi- « nence dit-il, appartient au prince appelé à « succéder *nécessairement* à la couronne; je

« lui reconnais cette suprématie sur ceux qui
« n'y sont appelés qu'*éventuellement* — pesez
« ces deux adverbes ! — mais je crois, ajouta-t-il,
« que cette prééminence, si Mgr le Dauphin
« avait des fils, devrait s'arrêter à l'aîné, et que
« les autres devraient être assimilés pour tout
« aux princes du sang. »

A cette déclaration un peu hardie, le Roi
paraît-il fronça légèrement le sourcil, mais par
courtoisie s'abstint de rappeler son interlocuteur
aux principes. Il garda même un silence indulgent quand celui-ci déclara — cela me semble
fort quoique j'aie là dessus le témoignage du
prince lui-même — « qu'il n'avait jamais com-
« pris la distinction qu'on établissait entre la
« famille royale et les princes du sang! »

— M. le duc d'Orléans, dis-je, quand il voit
qu'on tolère sa ténacité, en abuse. D'autres à
sa place auraient su interpréter le silence de
Sa Majesté.

— Il faut ajouter, continua M. de Boisbelle,
ne disant lui non plus ni oui ni non, que le Roi
devenant de plus en plus amical, dit au duc
d'Orléans « que le feu Roi son frère avait sur
« certaines questions des idées un peu abso-
« lues » et pour rester dans les meilleurs termes, il conclut :

— « Nous ne sommes qu'une famille, nous
« avons des ancêtres communs. Je veux que vous
« me regardiez comme un père et que nous
« soyons tous bien unis...! »

— Ah! quel langage, m'écriai-je, et comment
n'a-t-il pas conquis pour toujours le prince
auquel il était adressé? Qui aurait pu croire
après cela.....

— Ne croyez rien de trop. Soyez sûr que le
duc d'Orléans ne tenait pas moins à sa fidélité
de sujet qu'aux prérogatives de l'étiquette. Il
a été entraîné, dominé par les circonstances.
Son entourage le plus immédiat, son conseil de
bourgeois et d'avocats lui a dit que la cause des
Bourbons de la branche aînée était à jamais
perdue, qu'il y avait un abîme entre eux et la
France, qu'il était le seul homme capable d'arrêter le torrent de la Révolution...

— Voulez-vous prendre une bavaroise? Je
déjeune d'une bavaroise, dit M. de Boisbelle
en se dirigeant vers le Café Valois qui formait
avec le Café Corazza le quartier général des
royalistes; où l'on trouvait Merle de la *Quoti-
dienne*, Brisset de la *Gazette*, Jouvenel, Ed.
Walsh, Bony, Théodore Anne et d'autres
anciens gardes du corps.

—Mais n'est-ce pas au Café Valois, me

demandai-je, qu'eut lieu cette provocation qui
amena un duel où fut grièvement blessé un
monsieur qui, voyant son voisin déjeuner d'une
bavaroise au chocolat, avait dit tout haut :

— C'est un fichu déjeuner qu'une bavaroise.

— Monsieur ! est-ce à moi que vous parlez ?
répond le voisin, déposant sa tasse sur la table.

— Je ne parle à personne ; je dis seulement :
c'est un fichu déjeuner qu'une bavaroise.

— Eh ! bien monsieur, je prends l'insulte
pour moi, et j'entends que vous m'en rendiez
raison !

On va sur le terrain. L'individu est jeté à
terre d'un coup d'épée ; son sang coule et, pendant qu'on le relève, il répète :

— Cela n'empêche pas que c'est un fichu
déjeuner qu'une bavaroise !

J'étais un peu de son avis.

Quand nous nous séparâmes, M. de Boisbelle me dit :

— Que vous est-il donc arrivé ?

Et avec son mouchoir, il fit tomber de mes
habits la poussière et les éclats de pierre qui y
étaient restés.

III

Les statuettes en bronze de Voltaire et de Rousseau n'étaient pas rares autrefois. Sans être devenues introuvables, elles ont en grande partie disparu du marché. Que sont-elles devenues?

Elles ont été achetées par les amateurs indifférents pour leur mérite artistique, et par des adhérents de la libre-pensée pour les portraits.

La foi s'affirme; la libre-pensée se proclame sur les toits.

Plus de neutralité; c'est la guerre, la guerre partout!

Dans de pareilles circonstances, l'acquisition d'une statuette est un acte.

Le bibelot de bronze a toujours eu une certaine valeur, à cause de sa rareté relative. Il fut néanmoins un temps, il y a quarante ans de cela, où, sans descendre jusqu'à l'échoppe de l'auvergnat, il se tenait dans la région moyenne des marchands de curiosités.

On pouvait facilement se pourvoir alors de petits groupes, tels que le *Milon de Crotone,* réduction d'après le Puget, exécutée dans un temps où la vaste proportion des appartements comportait la présence de cet objet d'art un peu lourd, et qui serait massif et encombrant pour nos locaux exigus.

Ces réductions sont exécutées dans un sentiment qui s'éloigne sensiblement de l'art naturaliste, tel que nous le pratiquons aujourd'hui. C'est aussi vrai, mais c'est plus relevé. On y goûte quelque chose de puissant et de grandiose qui sent son siècle de Louis XIV.

Ces deux petits groupes d'après Pierre Puget, sont tout un drame. Le premier acte nous offre Milon dans la force de l'âge, terrassant le plus noble des animaux; dans le deuxième acte, nous voyons l'athlète, oubliant que les ans sont venus et que ses forces ont diminué, s'en prendre au tronc d'un chêne pour le fendre.

Il l'a fait autrefois, pourquoi ne le ferait-il pas encore?

Mais il ne peut plus. Il a, pendant un moment et au moyen d'un puissant effort écarté les deux parties du tronc; puis l'arbre s'est refermé; c'est l'arbre qui est le maître; c'est l'arbre qui tient maintenant l'athlète dont il serre les mains dans une étreinte douloureuse et implacable.

Le lion rôdait dans la forêt. Il a vu son ennemi réduit à l'impuissance, et le voilà qui se jette dessus. Les muscles du vieil athlète frémissent au contact de ses dents et de ses griffes. On croit voir ses omoplates trembler; ses pectoraux gonflés par un souffle haletant dessinent tous leurs reliefs; ses nerfs se raidissent; une douleur aigüe contracte tous les traits de son visage qu'il lève vers le ciel :

— O Jupiter, dit-il, viens à mon aide; dieux de l'olympe soyez-moi secourables! faites que mes mains se dégagent et que je puisse me mesurer encore avec l'ennemi que j'ai vaincu naguère; et toi, Hercule, mon modèle et mon patron, toi qui terrassas le lion de Némée, prends ta massue, et, si je ne puis combattre, combats pour moi!

Mais le malheureux a affaire à deux ennemis, la bête dévorante, et cet adversaire muet, l'arbre qui semble avoir une volonté et se faire l'auxiliaire du lion.

Celui-ci ne perd pas de temps. On croit entendre ce grognement satisfait du carnassier qui savoure sa proie. Le sang coule, les chairs sont déchirées; bientôt quelques informes débris seront tout ce qui restera du fameux Milon, de l'athlète invincible!

Ces deux sujets sont traités par Pierre Puget avec sa largeur ordinaire.

Ils sont de poids, et le bronze n'y a point été épargné.

On trouve encore à quelques ventes, mais ceci est une rareté, des réductions des statues équestres de Louis XIV et de Louis XV, tous deux en empereurs romains et la tête laurée.

Elles ont un certain intérêt historique, en ce que la première est la copie de celle qui était sur la place Vendôme, et que la seconde reproduit le marbre qui s'élevait au centre de la place Louis XV avant la Révolution, époque où il fit place à l'échafaud sur lequel montèrent successivement Louis XVI, Marie-Antoinette, Madame Elisabeth, Philippe-Egalité, et où le nom de place de la Concorde, écrit avec du sang, remplaça l'ancien.

Ces statuettes, commandées en petit nombre pour des résidences royales, pour des musées ou des dépôts publics, ne se rencontrent pas tous les jours. Elles valent leur pesant d'or, et sont d'un fini, d'une perfection absolument hors ligne.

On trouve encore de petits Bonapartes en habit militaire, équestres comme les précédents,

le bras droit étendu pour donner des ordres.
C'est également très-soigné.

Quand on a des opinions indécises en matière
de philosophie, des sympathies flottantes en
politique, il faut laisser les Rousseau et les Voltaire, les rois de France et les empereurs cor-
ses, et se procurer un objet neutre.

J'ai parlé tout à l'heure de Milon de Crotone;
il y a encore les chevaux de Marly.

Il existe dans le commerce une réduction en
bronze de ces chevaux qui se cabrent éternellement à l'entrée des Champs-Elysées.

Qu'ils sont beaux, livrant à tous les vents leur
longue et abondante crinière! qu'ils font bien là
où ils sont! quelle vigueur aussi dans l'attitude
de ces esclaves qui s'efforcent de les retenir et
qui y parviennent!

Ceux-ci paraissent tout petits en comparaison
des colosses effarés; mais regardez bien : la proportion y est.

L'un est un esclave noir aux cheveux crépus.
En sculptant ces groupes qui se font pendant,
Coustou a su les différencier. Ce sont deux
chefs-d'œuvre complets.

J'aime l'antique; mais quand je compare les
petits poneys de la frise du Parthénon aux
chevaux de Marly, ce n'est pas aux poneys que
je donnerais la préférence.

334 TROUVAILLES ET BIBELOTS

Placés à l'entrée des Champs-Elysées, ces chevaux en font la plus belle promenade du monde. Quand les brillants équipages et les cavalcades se croisent en tous sens autour de leur piédestal, ils semblent présider à ces élégances et leur donner le dernier cachet.

Ils étaient bien beaux ces Champs-Elysées quand le pavillon de l'Horloge faisait, à la distance de plusieurs kilomètres, vis-à-vis à l'Arc de l'Etoile !

Les Parisiens, familiarisés avec le timbre de cette horloge, aimaient à lui entendre chanter les heures de sa voix mélancolique. Et puis au premier étage de ce pavillon, était un balcon immense où nos rois se montraient dans les occasions solennelles.

C'est là que s'étaient fait voir Louis XVI et Marie-Antoinette, peu de temps après leur mariage, alors qu'ils étaient l'idole du peuple de Paris. C'est de là que Louis XVIII annonça à la France et au monde entier la naissance du fils du duc de Berry, quelques mois après le crime de Louvel...

Quel spectacle, quelles promesses mon Dieu ! qui ne se sont point encore réalisées !

Nous n'avons plus la royauté ; nous n'avons plus même l'asile qu'elle s'était choisi : les Tuileries n'existent plus !

Nous avons, il est vrai, la présidence et son domicile temporaire; et ce n'est point sortir de mon sujet, que d'en dire deux mots.

Le bibelot généralisé, étendu, peut admettre l'architecture dans son cadre; et puis le fondateur de l'*hôtel d'Évreux;* — car l'Elysée-Bourbon fut d'abord l'hôtel d'Evreux — est bien connu de ceux de mes lecteurs qui ont visité les collections de portraits dits historiques. Il était, l'année dernière, encore une fois au Trocadéro : je dis encore une fois parce qu'il reparaît à chaque exhibition de ce genre, quoique sur cent visiteurs il n'y en ait peut-être pas deux qui sachent de lui autre chose que son nom imprimé dans le livret.

Le comte d'Evreux est un homme jeune, court et déjà replet, à la vaste perruque, ganté de noir, cuirassé et armé d'un bâton de commandement — colonel-général de la cavalerie, après Turenne son grand-oncle et voilà tout.

Après cela n'eut-il d'autre titre que d'avoir bâti la maison de M. Grévy, ce serait bien déjà quelque chose. C'est une belle maison.

Mais prenez garde, Monsieur Grévy! L'Elysée n'est qu'une étape sur le chemin des Tuileries. Napoléon vous y a précédé; Madame la duchesse de Berry y demeura jusqu'au jour où elle se fixa au pavillon Marsan; Louis-Napoléon y fit séjour avant de s'installer au palais de Catherine de Médecis.

A présent l'Elysée est une auberge, un caravansérail où viennent coucher un soir pour s'en retourner le lendemain, des voyageurs qui s'appellent Thiers, Mac-Mahon ou....... Monsieur Grévy prenez garde! Vous vous êtes laissé faire président sans être partisan de la présidence : on pourrait vouloir encore vous avancer en grade. La France a le tempérament monarchique. Je l'ai dit tout à l'heure, l'Elysée-Bourbon n'est qu'une étape vers les Tuileries. Je sais bien qu'elles n'existent plus; mais on les rebâtit! On appelle déjà votre frère *Monsieur!*

La maison paternelle de Louis, comte d'Auvergne et d'Evreux, était l'hôtel de Bouillon, situé quai Malaquais, à peu près à égale distance de la rue Mazarine et de la rue des Petits-Augustins. Si vous regardez cet hôtel tout en colonnes et en arcades, vous trouverez qu'il y fait froid, et vous demanderez où l'on couche et où l'on dort là dedans.

Est-ce à cause de cela que, en 1718, après avoir épousé la fille du financier Crozat, le comte d'Evreux entreprit la construction du

sompueux édifice qui s'appelle l'Elysée-Bourbon, depuis qu'il a appartenu à Louise-Bathilde
d'Orléans, épouse du duc de Bourbon, le prétendu suicidé de Saint-Leu, et mère du duc
d'Enghien?

Le comte d'Evreux était un cadet, troisième
fils du duc de Bouillon, d'Albret et de Château-
Thierry, grand chambellan de France, gouverneur de haute et basse Auvergne, avec lequel
il fut presque constamment en procès, soit
devant le Parlement de Paris, soit devant le
Parlement de Bourgogne.

Il se maria jeune, et mourut sans postérité.
C'était en pleine Régence. Les grandes races
ne prospèrent pas à de pareilles époques.
L'agiotage, le luxe effréné, la recherche cons-
tante du plaisir altèrent l'esprit de famille,
stérilisent les mariages : nous en sommes une
preuve et un exemple.

Le comte d'Evreux n'eut pas d'enfants, — et
pour qui, grand Dieu, et pourquoi bâtir ce
palais !

Crozat était un de ces financiers de l'ancien
régime, fastueux comme des rois. Il avait, lui
aussi, une demeure magnifique, et une collection
d'objets d'art, une galerie de tableaux connue
de toute l'Europe. Il venait de deviner et de

faire éclore Watteau, auquel il donnait un logement dans son hôtel. Il communiqua ses goûts
au comte d'Evreux. Celui-ci fut un bon élève.
Il suivit malheureusement de trop près l'exemple
de son maître et beau-père. Celui-ci s'étant
ruiné, il se ruina.

Bâtir un palais comme l'Elysée : on se ruine-
rait à moins !

Dans son portrait, le comte d'Evreux a une
bonne figure joviale. Je veux qu'il ait été brave.
Il était de trop bonne race pour ne pas l'être,
ayant pour aïeux deux maréchaux de France,
et Turenne pour grand oncle. Cependant je ne
sache pas qu'il ait fait des exploits mémorables.

Pourquoi donc apparaît-il chaque fois que
l'on nous présente une galerie dite historique ?

Le comte d'Evreux s'était pris à un de ces
mariages à la mode depuis la fin du règne de
Louis XIV, et qui devenaient de plus en plus
fréquents sous la Régence.

Il espérait par là rétablir sa fortune ; mais il ne
paraît pas y avoir réussi. Ceux de sa famille
s'étaient mieux trouvés de leurs alliances avec
les maisons souveraines de Bouillon la Marck,
d'Orange Nassau et Bavière Palatin.

L'hôtel d'Evreux resta peu de temps aux
mains de son fondateur. Je le vois, après lui,

passer à Mme de Pompadour, puis au frère de celle-ci, à Poisson marquis de Marigny, surintendant des bâtiments, homme de mérite qui aima les arts, et auquel on doit d'avoir fait faire à Joseph Vernet la belle *Collection des ports de France.*

L'avenue Marigny, le carré Marigny rappellent encore le nom de ce personnage modeste et utile, qui sut toujours garder l'attitude d'effacement, imposée par sa situation.

En 1773, le financier Beaujon acheta l'hôtel d'Evreux. Il lui prit envie à lui aussi de s'y ruiner. Il y fit faire des appartements nouveaux, il agrandit les jardins du côté des Champs-Elysées, et les orna de nombreuses statues de marbre.

« C'est là, dit un historien du temps, que cet « homme de plaisir vint mener la vie d'un « monarque asiatique. »

Ces sortes de vies ne peuvent longtemps durer.

Tout a une fin en ce monde, même les fêtes et les bombances.

Un jour, Beaujon disparut ; Madame la duchesse de Bourbon acheta l'hôtel d'Evreux, et y fit sa résidence. Elle ne le quitta que pour émigrer en 1790.

Alors les vicissitudes se succèdent plus rapides.

Confisqué au profit de la nation, l'Elysée-Bourbon devient imprimerie nationale; puis il est vendu à des spéculateurs qui en font un mauvais lieu. C'est un bal champêtre : il n'y a pas de régime plus danseur que la République — peut-être parce que c'est alors le peuple qui paie les violons. Murat en a envie, et l'achète pour le revendre peu de temps après à son terrible beau-frère.

La Restauration vient enfin rendre à l'Elysée son honneur et son nom.

Le comte d'Evreux était mort laissant des dettes énormes. Il fallait vendre tout, et c'était à peine assez. Dans l'actif de la succession, se trouvait le domaine d'Evreux ou de Navarre, terres immenses, forêts, fermes, usines, avec partie de la ville d'Evreux : l'apanage de l'ancienne maison des comtes d'Evreux, rois de Navarre.

Louis XIV, dans l'intérêt de la France, l'avait donné au duc de Bouillon, en échange de la forteresse de Sedan, et pour rectifier nos frontières.

Mais comment trouver un acquéreur pour ce vaste patrimoine? La vente traînait en longueur et ne profitait qu'aux hommes d'affaires.

On eut la bonne inspiration, après un demi siècle de tâtonnements, de donner procuration à un intendant de la maison qui s'appelait M. Roy. Depuis lors cela marcha comme sur des roulettes. Les créanciers furent payés, et M. Roy fit fortune.

Mais l'opération dura longtemps. Elle finissait à peine après 1830, et je me rappelle avoir vu à cette époque les murs chargés d'affiches relatives à la vente du *domaine de Navarre*, avec des lithographies représentant les remparts pittoresques de la ville d'Evreux.

J'ignore si M. Roy s'occupait encore de cette opération lorsque Louis XVIII, voulant honorer la capacité financière unie à la probité, le nomma ministre des finances.

La fille du comte Roy a épousé un breton, fils d'un général de l'Empire, M. de la Riboisière. Elle a fait de sa fortune colossale le plus noble usage en fondant à Paris l'hôpital qui porte son nom.

IV

Il faut partir! nous sommes déjà en 1837. Le bibelot, depuis longtemps ingrat, s'épuise, et la carrière se remplit de nouveaux venus, bruyants, prodigues d'affirmations, achetant tout et payant bien.

L'industriel prend, sur le marché, la place de l'amateur.

D'ailleurs, ses études terminées, un jeune homme n'a plus de prétexte pour demeurer. Ses parents l'appellent, lui parlent de son avenir. Il faut quitter Paris, Paris la grand'ville et revenir au nid paternel, là-bas, bien loin, au fond de la province!

Adieu, vous dont je fis l'heureuse rencontre : Rigaud passé maître à qui je dois le portrait de mon beau cardinal; Vanloo, gracieux arrangeur, inimitable coloriste, devant lequel posaient les dauphins de France; Mignard qui peignis pour moi cette belle fille d'honneur de la Reine, admirée à la fois par le grand Roi et par le plus aimable des courtisans; Oudry, beau chasseur, favori des rois et des princes, observateur et ami des animaux ; adieu, revenant des Catacombes, échappé de Saint-Lazare, Robert qui traversas les plus mauvais jours de la Terreur, et qui ne seras plus là lorsque ces mauvais jours reviendront, pour attester par ton crayon que nous faisons en face de la guillotine, aussi bonne contenance que nos devanciers.

Adieu encore à toi, grand ébéniste qui sus marier si harmonieusement l'écaille avec l'argent, l'écaille avec l'or ; à toi, Michel-Ange de la marquetterie, Boule, qui as fait du mobilier une précieuse œuvre d'art, et trouvé ces belles formes dans lesquelles la grâce s'unit si bien à la majesté !

Grands artistes, que j'ai aimé vos œuvres ! Sans cesse à leur recherche, je les ai mieux connues, j'en ai joui bien plus à coup sûr que ceux qui les rencontrent arrangées dans de somptueuses galeries, ou qui n'ont que la peine de les payer au poids de l'or. Quel bonheur gonflait ma poitrine lorsque je les devinais sous la poussière et que je les ramenais au soleil !

Vous le savez, je n'ai jamais trafiqué d'elles. Je les aimai pour elles-mêmes, et non en raison de leur valeur vénale. Elles sont devenues mes compagnes ; elles ont embelli ma vie. Elles ornent ma demeure ou celle d'un ami.

Autrefois elles se donnaient; à présent on les vend, et on les vend trop cher pour moi. Adieu!

Mais toi qui, malgré de profondes et incessantes transformations, es toujours l'ancienne Lutèce, qui possèdes de vieux quartiers que l'on explorait jadis, et qu'on peut explorer encore..... Paris, au revoir!

FIN

TABLE

TABLE 347

ALBI. — IMPRIMERIE G.-M. NOUGUIÈS.

DU MÊME AUTEUR

POUR PARAITRE PROCHAINEMENT :

LA PRINCESSE JUDITH

Légende de l'Ile d'Or

LIBRAIRIE E. DENTU, ÉDITEUR, PALAIS-ROYAL

Collection grand in-18 jésus. — Publications récentes.

ALBI. — IMPRIMERIE G.-M. NOUGUIÈS.

www.ingramcontent.com/pod-product-compliance
Lightning Source LLC
Chambersburg PA
CBHW070326030726
47505CB00004B/1105

* 9 7 8 2 0 1 4 5 0 6 6 7 9 *